コンビニたそがれ堂　花時計

村山早紀

ポプラ文庫ピュアフル

コンビニたそがれ堂

花時計

風早《かざはや》の街の　駅前商店街のはずれに
夕暮れどきに行くと
古い路地の　赤い鳥居が並んでいるあたりで
不思議なコンビニを　見つけることがある
といいます

見慣れない　朱色に光る看板には
「たそがれ堂」の文字と　稲穂の紋《もん》

ドアをあけて　中に入ると
ぐつぐつ煮えているおでんと
作りたてのお稲荷《いなり》さんの甘い匂いがして

レジの中では
長い銀色の髪に　金の瞳のお兄さんが
にっこりと　笑っています
切れ長の目は　きらきら光っていて
ちょっとだけ　怖《こわ》いけれど
明るくて　あたたかい声で
その人は「いらっしゃいませ」
と言うのです

「いらっしゃいませ、お客さま
さあ　なにを　お探しですか？」

そのコンビニには
この世で売っている　すべてのものが
並んでいて
そうして
この世には売っていないはずのものまでが
なんでもそろっている　というのです

大事な探しものがある人は
必ず　ここで見つけられると
いうのです

店の名前は　たそがれ堂
不思議な　魔法の　コンビニです

もくじ

柳の下で逢いましょう

　風早の街の中心を静かに流れる川、真名姫川《まなひめがわ》の川沿い、遊歩道になっている辺りに、柳の木が数本植えられて、風にそよいでいるところがあります。

　古いベンチが置いてあったり、街のひとたちが手入れしている花壇もあったり、ほどほどに野の草も茂っていたりするひなびたその辺りは、大通りからはやや遠く、人通りも少なめでした。

　春の今は、柔らかな風に、柳の若葉が揺らぎ、どこからともなく桜の花びらがひらひらと空を流れていく景色が見えます。花びらはたまに川面に落ちては、流れて行くのでした。

　ひとけのない代わりのように、野鳥や家のない猫たちが集まったりしている場所なのですが、そこに、ひと知れず、住み着いている幽霊がひとりおりました。

　まだ若い青年の幽霊なのですが、お化けになったからとて、別に誰かを恨《うら》んでいるとか、化けて出たいほどの心残りがあるというわけでもなかったので、ただ柳の下で、淡々と日々を過ごしておりました。

柳の木の下で、古いベンチに座って、日がな一日ぼんやりしていると、いかにも幽霊らしいというか、何だか絵になるのが自分でもおかしく、また幽霊は食費も家賃も光熱費もいらないということがありがたいとも思いました。

幽霊は生前は田舎の町から出てきたひとり暮らしの若者だったので、その辺は特に身にしみて感じたのです。おなかが空かないから、料理を作らなくてすむ、何か食材を買いに行ったり食べに行ったりしなくてもいいということも、不器用で貧乏だった彼にはありがたいことでした。

まあでも、そんな生前の記憶も最近では遠い昔のことのように薄れてきて、いまではただぼんやりとそこにいることに慣れてきて、うまれたときから自分はお化けで、ここにいたような気さえしてきていたのでした。


そんなある昼下がり、通りすがりの年老いたカラスが、電線の上から話しかけてきました。

『もしもしそこの、影の薄いお兄ちゃん。あんたはどうしてまた、その若さでお化けなんかになったんだい？』

普通のひとには、かあかあとしか聞こえない声でしょう。けれど、お化けの耳には、ひとの言葉として聞こえます。おとぎ話のようで面白いなあと、幽霊は思うのでした。ひとの目には見えない、存在を気づかれない幽霊になっても、絶望的に孤独な気分にならずにすむのは、もしかしたらこういった鳥や猫たちとなら話ができるからなのかも知れませんでした。

彼は普通の人間の目には見えない幽霊でした。幽霊にしても影が薄い幽霊だった、ということかも知れません。彼が座っているベンチの前を、みんなが通り過ぎて行きます。彼がそこにいるのに気がついてくれるのは、鳥や動物以外では、お母さんの腕に抱かれた赤ちゃんや、小さな子どもくらいのものでした。

『やあちょっとドジをふんでしまいまして』

幽霊は透ける腕を頭にやって、はははと笑いました。

『もうずっと昔のことなんですけどね、雨の日の夜に、この柳の木の下で滑って転んでですね。そこの花壇の煉瓦《れんが》に頭をぶっつけまして。打ち所が悪かったんでしょうね。あっけなく』

『まあ、それはお気の毒に』

カラスは大きな目をぐるりと回し、冥福《めいふく》を祈るというように視線を落とすと、幽霊をじっと見つめました。

『そりゃまた、いくらなんでもあんまりな死に方だもの。それで未練があって、お化けになったんだねえ』

『いやあそれが、そうでもないというか』

幽霊は笑います。

『死んだのは何しろ、だいぶ昔のことみたいなので、お化けになりたての頃の気持ちをよくは覚えてないんですが、多少驚きはしたものの、どうもさして未練とか恨み言とかなかったような気がするんですよ。……まあ、物覚えもあまりよくなかったような記憶もあるので、未練があっても忘れちゃった、なんて可能性もあるんですけどね』

『あらあらそりゃまあ』

カラスはなんと答えたらよいものか、というような表情でくちばしを開き、嘆息しました。そして、ゆるく首をふりながら、

『まあね、若いのに死んじゃって、それもつまずいて頭打ってぽっくり、なんてまあ悲劇的なことで成仏したなんて、あんまりかわいそうすぎるし、未練なんてものないにこしたことはないって思うんだけど。

でもほら、叶えたい夢とかなかったのかい？』

『夢ですか？』

何だか、そう、テレビのワイドショーのレポーターのように、カラスの目が鋭い光を放っていました。

そういえばカラスという鳥は、好奇心が強いんだったっけ、と、幽霊は生前に本で読んだ知識を、薄ぼんやりと思い出しました。

でも幽霊も年中柳の木の下でただ過ごす身、毎日暇でもあったので、もはや忘れかけている自分の過去を、ゆっくりと思い出すことにしました。

『今から十年……いや二十年くらいも前のことなのかもしれないんですが、俺はどこかの田舎から、電車に乗ってこの街に来た……んだと思います。そのときはそうですねえ、人並みに夢も希望もあったような気も。ええ、高校を出た後、夢を叶えたくて、都会を目指したんですよ、ええと、たしか。働きながら大学に通う感じで』

『なるほど。夢を叶えたくてねえ。で、どんな夢？』

『うーん』

幽霊はか細い腕を組みました。一昔前の流行の、安っぽいジーンズ地の上下の、色あせた布地を通して、和毛《にこげ》のような新芽がそよぐ、春の地面が見えました。

『それが、あったような、なかったような。……あ、絵を描くのが好きだったような気はするんですよ』

『おお、なるほど。ていうと、画家とか漫画家とかイラストレーターとか、その辺を目指してたとか？』

『そんな気もするんですけど、お芝居や映画に興味があったような気もするんですよね』

『ほうほう、なるほど。俳優とか、はたまた演出家、監督とか夢見ていたとかかい？』

『うーん』

幽霊は眉間に皺を寄せました。

『実は、小説や詩にも興味があった記憶が……』

『作家や詩人に憧れる若者も、世界にはいっぱいいるらしいもんねえ』

『それが、カメラや写真も好きだった記憶が』

『目指せカメラマンか。はたまた世に正義を問うジャーナリストとかかい？』

カラスは黒い翼を広げ、肩をすくめるようなポーズをとりました。

『こりゃまた欲張りな若者だったんだねえ。あんた一体全体、どういう大学生だったんだい？』

『たくさん夢があったのは事実みたいなんですが——じゃあ、自分がどんな人間だったのか思い出そうとしても、よくわからないというか』

こう振り返ると、夢多き若者だったような気はするのです。趣味がたくさん、できることや好きなことがたくさんだったような。だけど、器用貧乏というか、そのすべてが誇るべきレベルではなかったような気も。

で、自分でその限界がわかっていて、どこかあきらめがついていたような気も。

つまりは、ひとつひとつの夢が叶わなくても、そのことが死ぬほど悲しかったというわけでもなかったような気がするのです。

（なんだかつまんない人生だったのかなあ）

もっと夢とか希望とか欲望とか、そういうめりはりがある人生の方が楽しかったのではないかと思います。……まあ、もしそうならばきっと、若い日の死が恨めしく、文字通り柳の下にうらめしや、なんて両手を下げて立ちたくなったのかもしれませんが。

若い幽霊は深くため息をつきました。自分にはもう肉体がない、つまりは肺がないのに、なんでため息なんてつけるんだろうと不思議になりながら。

幽霊になって以来、自分のことが日が経つにつれて曖昧になって行くような気がします。からだが透けているのと同じように、過去の記憶や考えていたことも少しずつ淡く消えていって、いつかはこの地上の風や空に透けていくのかもしれないな、と思います。そうしたら、自分という人間がこの世にいたということさえ、綺麗さっぱり消えてしまって、なかったのと同じことになるのでしょうか。

もう自分の名前さえ定かでないほど曖昧な存在の幽霊ですが、そんなふうに世界から完全に消えてしまうのは少しだけ寂しいことのような気がしました。

カラスが気の毒そうな表情で、くちばしを嚙み合わせ、鳴らしていいました。

『そのう、泣いて惜しんでくれた親友とか、かわいい恋人とかいなかったのかい？』

幽霊は苦笑して、頭をかきました。

『いやあ、友達はそれなりにいた気がするんですけどね。人間もひとづきあいも好きでしたし。でも、そう、高校を卒業して進学でこっちにきたので、昔の友達とは世界が違ってしまいましたし、一方でこの街には、そこまで深い仲の友人っていなかった気がするんですよね。恋人とかもね。そういうロマンチックなの、いればよかったんですけどね。いや、軽く失恋したことくらいはあったかな。なんだか、人生損した気がします』

『じゃあその、親とかきょうだいとかさ』

『——ああその辺り、思い出すと懐かしいような気はするんですが』

幽霊はゆっくりと首を横に振りました。

『田舎の子沢山の家の生まれで、わりと忘れられがちな子だったような記憶がありまして。こう、ぼくなんかいてもいなくても同じ、みたいな』

『いや、いくらなんでもそんなことは』

カラスはカラスなりに気を使ってくれたようですが、幽霊の胸の中にはたしかに切なくわびしい子ども時代からの記憶のかけらがあって、ふうっとよみがえった感情の塊に、つかの間、どんよりと寂しく重たい気持ちになったのでした。

『俺の人生、意味があるものだったんでしょうかねえ』

またため息をつきました。

思えば、子どもの頃から、良い奴だ、優しい奴だといわれてきましたが、印象が薄いことには自信があった——ような気がします。

たとえば、おぼろげに覚えている故郷にいた幼なじみたちだって、今現在、彼のことを覚えてくれているかどうか、定かではありません。遠い日、彼の死を伝え聞いて、涙してくれたひとはいたのでしょうか？

こうして幽霊になり、いずれ消えてしまうだろう身なのは、もう受け入れました。けれど何かもっとこう、死を惜しまれる要素とか、生まれてきた意味とか、少しでもあった方が楽しかったような気がしました。

（この地球の上で、生きていてもいなくても同じような、そんな人間だったんだろうな）

ことさらに、その死を惜しまれるような、そんな人間でもなかったのでしょう。いやたぶん、まったく悲しまれないとか、死んで喜ばれるとか、そんなことまではなかったと思うのですが。

いっとき悲しまれて、悼まれて、やがてうっすらと忘れられていくような、そんな人生だったのだろうな、と思いました。

（まあ、それはそれでいいや）

と思えたのは、いまの柳の下での暮らしがそこそこ気に入っていたからかもしれません。いっそ楽しかったといえるでしょう。

誰の目にも留まらず、誰にも何もいわれずに、一日好きなようにぼんやりしていても許される身分。好きなことを考え、好きなようにだらだらしていてもいい二十四時間。働かなくていい、勉強もしなくていい。掃除もしなくていいし、着替えなくてもいい。ゴミ出しの曜日も確認しなくていい。

（お化けにゃ学校も試験も何にもない、って、『ゲゲゲの鬼太郎』だったっけ。いやほんと、その通り）

そうして、テレビや映画を見るような気分で、街をぼんやり見ているのは、なかなか乙な暮らしでした。

（うん、たぶん俺は人間と、そして街が好きだったんだよね）

ふつうのひとびとのありのままの暮らし。それは見飽きないものでした。

柳の下のベンチから見ているだけで、舞台劇を見ているかのように、ひとが現れ、去って行きます。

たとえば夜明け。マラソン大会の準備のために、ひたむきに駆けてゆく引き締まったからだのランナーとすれ違う、カラオケの帰りの楽しげで眠そうな学生たち。街を照らす夜明けの光にそれぞれに目を留める表情。一瞬の美しさを共有し、またわかれてゆくひとびと。

朝の、登校してゆくランドセルの子どもたち。見守る旗を持ったおとなたち。そして両者を見守る、飼い主とお散歩の途中の犬。

昼下がりの、日傘を差してゆっくり歩く、おなかの大きなお母さん。近くにある小さな公園に集まって、将棋をさしているお年寄り。鳩の群れ。

そして夕方の。そして夜の。

それぞれの時間の、たぶん本人たちはなんてことないと思っている、日々の時間が、こうして見ているとなんといとおしいものなのだろうと、幽霊は思っていました。

人間が好きでも、生前はさすがに、心行くまで誰かに見とれていることはできなかったので、ある意味いまは満たされていました。

そしてふと、神様や天使はこういうまなざしで人間のことを見守っているのかもしれないな、と思いました。

（そう考えるのは、畏《おそ》れ多いことかもしれないけれど）

そもそも神様やら天使やら、そういうものがいるものかどうか幽霊は知りません。

ただ、こんな気持ちで街のひとびとを見守っているうちに、いつしか地上から消えて終わるのが自分の人生ならば、それはそれでいいや、と思っていました。

そう思うと、知らず笑みが浮かんできます。彼はそういうわけで、大概は笑顔で、街のひとびとを見守る幽霊になっていたのでした。

幽霊が見えるひと——特に彼のような影の薄い幽霊が見えるひとはそうそういないものらしく、柳の下のベンチでにこにこ笑っている幽霊の存在に気づいてくれるのは、カラスや雀や犬猫や、通りすがりのベビーカーの中の赤ちゃんくらいのものです。

そういうわけで彼は心おきなく、神様のようなまなざしで、ひとびとを見守っていることができたのです。

時折、念じてみたりもしました。ええ、神様になったような気分になって。自分が見守っているひとびとが幸せでありますように、と。

いつも見守っているひとびとの中で、特に彼のお気に入りの若者がいました。川のそばのコンビニでアルバイトをしているらしい彼は、なかなかのハンサムで、いつも笑顔。働き者で、じっとしていることがなくて、掃除にレジに品出しにと働いては、街のひとびとに元気な挨拶。くしゃっとした邪気のない笑顔を向けます。

柳の木の下のベンチがお気に入りらしく、何度か幽霊のすぐそばで、缶コーヒーを飲んだり、お弁当を広げたりしたこともありました。友人たちと楽しげに会話することもあり、聞くともなしにわかったのは、彼が大学生であること、将来の夢はまだ決まっていないこと。成績はなかなか優秀で、おまけに器用、高校時代までは体育会系の部活をあれこれ経験していて、運動神経も体力もばっちりらしく、好きなことでできることがたくさんありすぎて、未来が絞れないといっていること。

実際、時間があるときに彼が開いたタブレットには、CGを使いこなして描いた、漫画家はだしの絵がかかれていましたし、ライブラリーに入っている写真の画像も美しく、加工もうまく、ついでにいうと作詞作曲までこなせて歌もうたえるようで、天は二物も三物も与えるものだなあ、と、幽霊は思っていたのです。

（マンガの主人公みたいな奴だよな）

もっというなら、子ども向けの特撮ドラマの主人公みたいな、完璧なかっこよさだと思いました。そう、ヒーローのような。たぶんリアルでそばにいたら、ちょっとまぶしい奴。笑顔に目がくらんでしまう感じの。

自分が学生時代、こんな同級生がいたらどう思ったかな、と考えることもありました。劣等感を持ったでしょうか？　いやいやここまで完璧な同級生ならば、もう降参して、ただ好きになっただろうなと思いました。友達になれていれば、ふつうに絵を見せてもらったり、好きな本やマンガの貸し借りをしたりしていたかもしれないな、なんて風に。そしてきっと、太陽を見上げる草花のような気持ちで、彼の日常を見守っていたのではないかと思いました。

彼のかっこよいところで、一番いいな、と思ったのは、小さな子どもや、お年より、犬猫や小鳥たちに向ける優しい視線や笑顔でした。あるいはその視線にいちばん、ヒーローを感じていたかもしれません。

人間や、小さな生き物たちが好きなんだろうな、と、それがわかるまなざしだったのです。そう、太陽の光のように、包み込み、見守るまなざし。

まったく、こんな物語の主人公みたいな人間がいたんだなあとしみじみ感動するような素敵な青年でした。脇役どころか背景、書き割りみたいな幽霊と違って。

彼が将来どんな道を選び、どんなおとなになるかはわかりませんが、きっと世のためひとのためになる、そんな人間になるんだろうな、と思いました。仕事の方も、一流の業績を上げて、世間の人からもてはやされて、尊敬されて、その頃には素敵な彼女や奥さんなんていて。

(ちぇ、いいなあ)

幽霊は苦笑しました。うらやましいというよりも、そんな彼の幸せな未来を見てみたいと思いました。

(誰かの危機には自らの身を投げ出して救うような、そんな優しくてかっこいい奴だよな)

そしてもし彼が死ぬようなことがあれば、どれほど多くのひとびとが嘆き、死を惜しむでしょう。——幽霊が死んだときと違って。

そんなことをある日ふと思い、すぐに縁起でもない、なんて打ち消したりもしました。

その予感は不幸にして当たりました。

それも、幽霊の目の前で。

その日は土曜日でした。

川沿いの、柳のそばの遊歩道の近くを通っている、ふだんはあまり混むことのない細い県道も、郊外向けの道路なのでやや混みあいます。

昼下がり、コンビニの早番のアルバイトを終えたのであろうあの若者が、伸びをしながら、店の外に出てきました。すると、その足下を子猫が駆けて行きます。コンビニの駐車場辺りに最近すみついた野良猫親子の子猫のようでした。痩せたお母さん猫はその子猫一匹だけしかつれておらず、他に子猫はいないのだろうかと幽霊は気になっていました。家のない猫は生きていくのが難しいので、かわいそうに、あの子猫以外は死んだのかも知れないな、と。

おや、と若者が子猫に目を留め、足を止めたとき、

「ねこちゃーん」

小さな女の子が子猫の後を追いかけてよちよちと走ってきました。

子猫が楽しそうに振り返ります。

どうも、子猫と女の子で追いかけっこをしているようなのでした。

少し遅れて、女の子のお母さんが、「危ないわよ」と、走ってきました。

幽霊は知っています。女の子も、そしてお母さんも近所のマンションの住人で、柳の下の遊歩道はお散歩コース、コンビニでよくパンやらスイーツやらをお買い物して帰っているのだということを。

女の子はかわいらしく、お母さんは優しげで、幸せそうな二人を見ているのが、幽霊は好きでした。女の子の方は、幽霊と目が合って、手を振ってくれたことがあります。この子も大きくなったら、自分のことが見えなくなるんだろうな、と、少し寂しく思いながら、幽霊はそっと手を振りかえしたりしたのでした。

走ってゆく子猫と子どもとお母さんを、おやおや、というような穏やかな目で、ひとりのおばあさんも見ていました。

これも近所の住人で、大学の先生。その昔、海を渡ってやってきた、中国語の先生だといつか誰かに話していました。趣味で太極拳《たいきょくけん》も教えているとか。コンビニで英字の新聞と熱々のコーヒーを買うのが日課のひとつでした。今日も買いに来たところだったのでしょう。

子猫のお母さん猫も、心配そうな顔をして、小走りに見に来ました。

「道路のそばで遊んだら危ないよ」

若者が駆け寄り、子猫に手を伸ばし、女の子の足を止めようとしたときでした。

突然、遊歩道に一台のトラックが突っ込んできました。ゆらゆらと蛇行しながら。けれど充分に危ない速さで。

運転席にはひとりのおじいさんが胸を苦しそうに押さえて、突っ伏しています。なんとかひとのいない方へハンドルを切ろうとしているのに無理なようでした。すでにどこかにぶつけたのでしょうか。助手席の扉が開いて、ばたばたと動いています。

トラックのすぐ先には、子猫と女の子がいました。

けれど若者が、自分がトラックの前に身を投げ出すようにしながら、二つの小さな命をかばい、安全な方へと突き飛ばすようにしたのでした。

子猫と女の子は駆け寄ってきたおばあさんに受け止められ、助かりました。

けれど、あの笑顔が明るいヒーローのような若者は、トラックの下敷きになり、トラックはコンビニのそばの塀に衝突して、やっと止まったのでした。


夕方になりました。

幽霊は柳の下のベンチで、何回もあの事故のことを思い出していました。

たった一瞬の出来事。ほんの一瞬で変わってしまった、若者の運命。

(たった一瞬だったのに)

もしかしたら――もしかしたら、どこかをどうにかしたら、あの事故は防げて、若者は助かったのではないでしょうか。

そう考えるのはおかしなことでしょうか?

(なんで俺は、何もできなかったのかな)

あの場にいたのに。全部見ていたのに。

幽霊だったからといっても、何かできることがあったのでは。

(あんなにすぐそばで見ていたのに)

暮れなずむ街の柳の木に、ねぐらに帰る前の、あの年老いたカラスが来ました。うなだれて、幽霊にいいました。

『あのコンビニの、親切なお兄ちゃん、ほら、さっきトラックにひかれちまった、風の噂だと、病院で、意識不明のまんま、明日をもしれない命だとか。ぶっつけたトラックの運転手の方も、相当危なかったんだけど、こっちは助かりそうだとか。でも、申し訳ないことをしたって、病床でずっと泣いてるって話だぜ。

あのコンビニの兄ちゃん、いい人間だったのにねえ。助けられた野良の子猫のお母さん猫も落ち込んでたよ。あのお兄ちゃん、人間だけでなく、あたしら動物やら鳥にも優しかったから、みんなに人気があったんだよ。

まったく、神も仏もないってこのことだよね』

『――神も仏も』

その言葉に、思い出したことがありました。

『カラスさん、たしかこの街には、神様が経営している、どんなものでも売っている、不思議なコンビニがあるって前にいってましたよね？』

以前、何かの弾みで、カラスがそんな話を聞かせてくれたのです。この街には心の底から欲しい物があればきっとたどりつける、魔法のコンビニがあるのだと。

『おうよ。コンビニたそがれ堂だろう？』

『そこに行けば、彼を助けられる、何かを売っていないでしょうか？』

そういうわけで、その夕方、幽霊はコンビニたそがれ堂を探して、歩き出したのでした。

幽霊になって以来、柳の木の下が気に入っていて、ほとんどそこから離れることがなかったので、幽霊には久しぶりの散歩、散策といえました。

『ええと、駅前商店街の路地のどこかを曲がったところに、そのコンビニがある路地に続く、入り口があるんだったかな……』

生前、一応この街で暮らしてはいたので、道に迷わない程度に歩ける自信はありました。――とはいっても、神様が経営するという噂の、都市伝説みたいなコンビニなんて、探し出せるものなのでしょうか。

そもそも、そんな不思議なコンビニが、この世に実在するものなのか。この街に住むひとならみんな知っている、有名な伝説のコンビニだという話でしたが。

幽霊は生前、そのコンビニのことを知りませんでした。――いや知っていても信じていなかったから忘れてしまったのかも知れませんが。

（でもまあ、他にできることもないしな）

駅前商店街の路地を歩きながら、幽霊は考えました。

いまは病院に入院中だという、あの若者を助ける方法――魔法のコンビニに売っているだろうものの力で、死なせずにすむ方法――。

神様の経営するコンビニで買い物をすることを真剣に考えていると、何だか自分が物語の世界の中に入っていくような気持ちになりました。

こんな不思議なこともあるものなんだなあ、と思いました。


『ああ、そもそもあの事故をなかったことにできたらな。まあ無理だろうけど、何かそういう物が買えたらいいんだろうな』

うつむいて歩いていると、見知らぬ景色が路地の左右に開けてきました。たそがれどきの赤い空に浮かび上がる、古めかしい電線に電信柱。遠く近くにそびえる鳥居。春の宵の風に紛れて、漂ってくる、白い線香の煙と、どこか懐かしい香り。

『事故をなかったことに……』

幽霊は足を止めました。

『もし、時を、ほんの少し巻き戻すことができたら――』

事故の前に。そうしたら、事故を止めることができるのではないでしょうか？　もし、そんな力がある物を買うことができれば。

ひらめいたとき、路地の薄闇を明るく照らす明かりに気づいたのでした。

灯明のような四角い明かりには、稲穂のマークと、『コンビニたそがれ堂』という文字が書いてありました。

そして、明かりの向こうには、たそがれどきの光に包まれて、一軒のコンビニが、ぽつんとたっていたのです。

店のガラス窓や扉越しに放たれる光は、遠い昔に忘れたはずの、故郷の空の光の懐かしい色に似ているような気がしました。

桜の花が咲くだけ咲いて、ちらほらと散り始めた、そんな季節。

コンビニたそがれ堂の店員ねここは、ひとりレジカウンターに立ちながら、たそがれどきの空を見ていました。

桜の花びらが流れてゆきます。

どこかにある桜が満開になり、散り始めているのでしょう。

「ああ、もう、今年の春も終わるのね」

花びらを追いかけるように、ねここはカウンターを出ると、店の扉を開けました。

薄青い地色に薄桃色の桜の花が描かれた着物の上にかけた、糊のきいた白いエプロン、そのエプロンの腰のリボンが春の宵の風に流れ、ひらりと舞い上がり、同じ風は、彼女の長い黒髪を結った、鈴のついた赤いリボンも鈴音とともにひらめかせるのでした。

見た目は若い娘のようですが、よくよく見ると、その切れ長の色の薄い瞳はうっすらと金色の光を宿し、口元にのぞく糸切り歯は、いっそ牙と呼びたくなるほどに、剣《けん》呑《のん》に先が尖っています。

何よりも、身にまとうその着物の、桜の花が――風がその絵の中に吹いているというように、はらはらと舞い散っているのでした。

たそがれ堂の店員ねここは、齢をもう何百年数えたか自分でも忘れたほど、昔から生きている化け猫でした。

その長い寿命と永遠の時間をもてあましつつ、暇つぶしも兼ねて、神様のコンビニを手伝うようになって、はて何年経ちましたか。

コンビニたそがれ堂は、ふとしたことから道に迷い、大切なものをなくしたひとの子が訪《おとな》う店。そんな「お客様」たちを、あるときは見守り、あるときはからかい、またあるときは気持ちを寄り添わせ、と、店長風早三郎とともに見守ってきました。

化け猫にはよくあることで、ひとへの愛着ゆえに魔物に身を落とした妖怪であれば、なんだかんだとひとの子たちと交流があり、人助けなどもできたりする、いまの日々が楽しくはあるのでした。天《あま》の邪《じゃ》鬼《く》なので、そう言葉にすることはありませんが、風早三郎は何しろ神様、この街を守護する存在なので、妖怪の娘の考えていることなど、お見通しだったかも知れません。

「店長ったら、どこまで旅に出たのやら」

夏までには帰ります、といったまま、店長はふらりと旅に出かけています。ねここが店で働くようになって以来、ときに風来坊のようにさすらいの旅に出るようになった、風早三郎なのでした。

「あんまりひとをあてにされても困っちゃうのよね」

元が猫なので、飽きっぽくはあります。

おまけに、退屈は何より嫌いです。

最近のように、お客様の姿を見ない日が続くと、どうも暇で暇で——。

白いてのひらを口に当てて、あくびをかみ殺そうとしたとき——。

「あら、いらっしゃいませ」

ひとの気配に気づいて、ねここは上機嫌になり、さあどうぞ、とガラスの扉を開けて、相手を店内に通そうとして——。

首をかしげました。

「あら、あなたちょっと透けちゃってるわね？　影が薄いっていうか」

華奢《きゃしゃ》、というより痩せて細すぎて、骨が浮いて見えるような、若い男性でした。大学生くらいでしょうか。整っているけれど、印象の薄い顔立ちをしています。そう、通りすがりに目が留まっても、次の瞬間には忘れてしまいそうな。

そのお客様は、内気な笑みを浮かべると、遠慮気味に、けれど急ぎ足でたそがれ堂の店内に足を踏み入れたのでした。

踏み入れた、その足先が透き通ります。

幽霊でした。

「試供品ってことでただでいいからさ、梅昆布茶でも飲む？」

ねここは幽霊を振り返ったときにはもう、梅昆布茶が入っている缶を手にとっていました。レジカウンターの奥にあるコンロに薬缶《やかん》を置き、お湯を沸かし始めます。

「久しぶりのお客様なんだもの。いくらだって話し相手になってあげるからさ」

たそがれ堂はコンビニですが、店の入り口のそばに、いわゆるイートインコーナーがあります。といっても、小さなテーブルがひとつに、折りたたみの椅子がひとつ置いてあるだけの、おまけのような場所なのですが。

それでも、お客様を迎える心を表すように、素焼きのとっくりに、ハルジョオンが一輪、活けてありました。

店内を見回していた幽霊は、そのとき、ふと我に返ったように、ねここに尋ねました。

『……このお店って、有名な、「コンビニたそがれ堂」なんですよね？ 探しているものが必ず手に入るって……』

「そうよ」

『街を守る神様が経営してて、最近は、お手伝いの店員もいるとかいないとか……』

「かわいくて気が利いた看板娘の噂を聞いたのなら、それはまさにあたしのことよ」

幽霊は、なるほど、というように、ねここの方を見て、そしてつぶやきました。

『まさかほんとにこの街にこんなお店があるなんて、信じられなくて。そんな漫画みたいなこと……リアルじゃないっていうか……』

幽霊の声はかぼそくて、ときどきすうっと語尾が風の音のように消えてゆきます。

『いやそれをいうなら……俺だって、幽霊、なんですけど』

笑う声も力なくかすれます。

手をだらりと前に出し、柳の下に立っていたらさぞかし絵になるだろうと思わせる、実に幽霊らしい、幽霊なのでした。

ねここはあやかしですし、もとは猫で、耳は良いのですが、ちょっとだけ、面倒になりました。

「あのさあ、幽霊だから影が薄いってのはわかるんだけど、もうちょっとはっきりお話しなさいな。はい、もっと元気に」

『そんなことといったって……死んでるんですから、無理です』

「あ、そりゃそうか」

ねここは熱いお湯を湯飲みに注ぐと、銀のスプーンで梅昆布茶を丁寧に混ぜ、お盆に載せると、はい、と良い香りのそれを幽霊に差し出しました。

「で、ここは間違いなく、魔法のコンビニたそがれ堂なわけだけど、それと知ってやってきたあなたは、いったい何を探しているの？」

幽霊はしばし、口ごもりました。

テーブルに置いた梅昆布茶に手をつけないまま、床に視線を落とすようにしていましたが、やがて、意を決したように口を開きました。

『時を巻き戻せる……そんな魔法の道具があれば』

「そんなもの、何に使うの？」

『ひとを死の運命から救うために』


「ていうと――」

ねここは猫舌用に少し冷ました梅昆布茶を飲みながら、幽霊に尋ねました。

「あなたが生き返りたいってこと？」

幽霊は薄い目を見開いて、首を横に振りました。

『俺は生き返らなくても、いいんです。俺が死んでもうだいぶ時間が経ってるみたいだし、どうせ、俺のことなんて、誰も覚えてませんから。……ええ自慢じゃないですけど、生きてた頃から、影が薄かったんです』

「あら」

『生きていてほしいひとが、いるんです。そいつ、思わぬ事故で、大変なことになってしまったので、そもそもの事故を起こさないようにしたくて……。

少しだけ、時を巻き戻せれば良いんです。なんとかして事故を起こさなかったようにできれば。俺が頑張りますから。幽霊なりに』

ねここは、梅昆布茶をしばらく味わうようにしていましたが、口を開きました。

「そのひとってあんたの何なの？　家族とか、友達とか、恋人とか、そういう大切な誰か？」

『えっと……違います。何の関係もない人間、っていうか……たぶん、あいつは俺のことなんか気づいてないっていうか、全然知らないだろうし』

「なんだかよくわかんないけど、あんた、自分のことを知らない相手を助けたいの?」

『はい』

幽霊にしては元気な感じで、はずむように、深々と頭を下げました。うつむいたまま、きゅっと歯を食いしばるような顔をしました。

『ほんとにね、良い奴なんです。世界を救うヒーローみたいな。……あんな人間が死んだらいけないんです。もっとずっと長生きして、幸せにならなきゃいけないんだ。そうしてさ、誰かを幸せにしなきゃいけないんですよ』

「そうねえ、今ちょうど、試供品の『やり直し券』があるけど、これ使ってみる?」

たそがれ堂の店員だという少女は、レジの引き出しから、薄いひと束の紙の綴りを出しました。本の栞《しおり》のような大きさの小さな紙が、上だけ糊で綴じられています。

『やり直し券、ですか』

「ひと束五枚。五回分、その事故が起きる前の時間まで巻き戻せると思うわ。それでなんとかやってみる?」

『はい』

「これは試供品だからさしあげるけど、何しろ試供品だもの、効果があるかどうかはわからない。それでもいいの？」

尋ねる店員の目が、妖しげに輝きました。

それは薄金色のあやかしの目。この世の物ならぬ、全てを見通す者のまなざしでした。

幽霊は、もうからだはないはずなのに、背筋が寒くなるのを感じました。

けれど――。

顔を上げて、紙の綴りを受け取りました。

『ありがとうございます。がんばります』

そういって、もう一度、頭を下げて。

店を出るとき、その背中に店員が声をかけました。

「あのね。ひとつだけ、いっておくけれど、どんなに時を巻き戻しても、もしあんたが助けたいひとがもう死ぬさだめにあるのなら、どうしたって運命は変えられないからね。

ひとの命の長さは変えられないの。伸ばしたり縮めたりできない。つまり、それくらい、命の生き死にというのは、重たい、取り返しのつかないことなの。それればかりは――」

少女は薄金色に光る目で、幽霊を見つめながら、肩をすくめるようにしました。

「神様にだって、難しいことなのよ」

そして幽霊は、柳の下のベンチに戻ってきました。

コンビニのそばの、あの事故が起きた道路の、遊歩道に足音もなく歩み寄ります。

気がつけば時間はもう夜。

あの若者が勤めていたお店からの灯りが、辺りをぼんやりと照らしていました。

『人の命の長さは変えられない――』

さっきたそがれ堂の店員の少女に聞いた言葉が、耳の底に残っていました。

『もし、あのコンビニのあいつが死ぬさだめにあるとしたら、どんなに時を巻き戻しても助からない――』

でも――。

『他に道はないものな』

幽霊は「やり直し券」の綴りを開きました。

五枚分の小さな券が、幽霊のなかば透けるてのひらの上でほの白い光を放っていました。

〈やり直し券。戻りたい時間へ戻ろうと念じてみてください〉

小さな字が書いてありました。

幽霊は最初の一枚をめくり、綴りから剝がしました。

幽霊は目を閉じ、念じました。

事故のあの瞬間の、少し前へと——。

ふと、おかしくなりました。

（なんか、俺らしくないなあ）

もううっすら忘れかけた生前の自分のことを、少しだけ思い出したのです。

こんな風に、ダメ元で何かをしてみようとする人間ではなかったような気がします。

頑張ることも好きじゃなかったし、努力もあまりしなかったかも。

（そんな風に生きてみても良かったな）

（そんな風に生きていたら、影が薄い幽霊なんかにはならないですんだのかなあ）


その日は土曜日でした。

川沿いの、柳のそばの遊歩道の近くを通っている、ふだんはあまり混むことのない細い県道も、郊外向けの道路なのでやや混みあいます。

幽霊は、我に返りました。

（いまはいつだ？）

（うまく時を巻き戻せたのか？）

昼下がり、早番のアルバイトを終えたのであろうあの若者が、伸びをしながら、店の外に出てきました。元気です。どこも怪我していません。

（お、やった。あの事故の前だ）

幽霊は心臓はもうないはずなのに、胸がときめくのを感じました。

若者の足下を子猫が駆けて行きます。

おや、と若者が子猫に目を留め、足を止めたとき、

「ねこちゃーん」

小さな女の子が子猫の後を追いかけてよちよちと走ってきました。

子猫が楽しそうに振り返ります。

幽霊が見たとおりに時間が流れて行きます。あの事故の前に起きたことがそのままに。

子猫と女の子は、何も知らずに元気に追いかけっこをしていました。

少し遅れて、女の子のお母さんが、「危ないわよ」と走ってきました。

走ってゆく子猫と子どもとお母さんを、おやおや、というような穏やかな目で、ひとりのおばあさんも見ていました。

これも近所の住人で、大学の先生。コンビニで熱々のコーヒーと英字の新聞を買うのが日課のひとでした。今日も買いに来たところだったのでしょう。

子猫のお母さん猫も、心配そうな顔をして、小走りに見に来ました。

そう、何もかも、幽霊が見ていたのと同じように。

(でも、これから先は、同じにはしないさ)

幽霊は、子猫と女の子のあとを追いかけました。

『おい、危ないから、止まるんだ』

その声は、まわりのひとびとには聞こえません。ただ、小さな女の子と子猫には聞こえるはずでした。

女の子と子猫は、驚いたように一瞬足を止めました。

『よし』

幽霊はほっとして、手招きしました。

『さあ、こっちへおいで』

けれど、彼のその表情と声色に必死さがにじみ出ていたのでしょうか。

子猫と女の子はあとずさりしました。

「道路のそばで遊んだら危ないよ」

若者が駆け寄り、子猫に手を伸ばし、女の子の足を止めようとしたときでした。

突然、遊歩道に一台のトラックが突っ込んできました。

ゆらゆらと蛇行しながら。けれど充分に、危ない速度で。

運転席にはひとりのおじいさんが胸を苦しそうに押さえて、突っ伏しています。なんとかハンドルを切ろうとしているのに無理なようでした。

幽霊は思わず、叫んでいました。

トラックに向かって。

『来るな。来るなったら』

一瞬——一瞬だけ、苦しげな運転手と幽霊の目はあったような気がしました。

トラックのすぐ先には、子猫と女の子がいました。

そして若者が、自分がトラックの前に身を投げ出すようにしながら、二つの小さな命をかばい、安全な方へと突き飛ばすようにしたのでした。

子猫と女の子は駆け寄ってきたおばあさんに受け止められ、助かりました。

けれど、あの笑顔が明るいヒーローのような若者は、トラックの下敷きになり、トラックはコンビニのそばの塀に衝突して、やっと止まったのでした。

（ああ、また……）

幽霊は呆然と立ち尽くしました。

遊歩道に流れる血と、黒いガソリンと。

泣いている女の子と、抱きしめているお母さん。怯えている子猫と駆け寄った母猫。

呆然としているおばあさんと、壊れたトラックの中の動かない運転手。

そして——。


幽霊はてのひらの中の、「やり直し券」の綴りを、もう一枚、剝がしました。

『大丈夫だ。今度こそ』


その日は土曜日でした。

川沿いの、柳のそばの遊歩道の近くを通っている、ふだんはあまり混むことのない細い県道も、郊外向けの道路なのでやや混みあいます。

幽霊は、我に返りました。

(いまはいつだ？)

(うまく時を巻き戻せたのか？)

昼下がり、早番の仕事を終えたのであろうあの若者が、伸びをしながら、店の外に出てきました。

（お、やった。今度もちゃんとあの事故の前だ）

幽霊は心臓はもうないはずなのに、胸がときめくのを感じました。

あの若者の足下を子猫が駆けて行きます。

おや、と若者が子猫に目を留め、足を止めたとき、

「ねこちゃーん」

小さな女の子が子猫の後を追いかけてよちよちと走ってきました。

子猫が楽しそうに振り返ります。

幽霊が見たとおりに、また、時間が流れて行きます。あの事故の前に起きたことがそのままに。

子猫と女の子は、何も知らずに元気に追いかけっこをしていました。

少し遅れて、女の子のお母さんが、「危ないわよ」と、走ってきました。

走ってゆく子猫と子どもとお母さんを、おやおや、というような穏やかな目で、ひとりのおばあさんも見ていました。

これも近所の住人で、大学の先生。コンビニで熱々のコーヒーと英字の新聞を買う

のが日課のひとでした。今日も買いに来たところだったのでしょう。

子猫のお母さん猫も、心配そうな顔をして、小走りに見に来ました。

そう、何もかも、幽霊が見ていたのと同じように。

（よーし、これが二回目、じゃない三回目だ。三度目の正直って奴だ）

幽霊は呼吸を整えようとしました。すぐに自分はもう息なんてしていないと思い出して、笑ってしまったのですが。

（大丈夫。これから先は、同じにはしないさ）


幽霊は、子猫と女の子のあとを追いかけました。

『おい、危ないから、止まるんだ』

その声は、まわりの人々には聞こえません。ただ、小さな女の子と子猫には聞こえるはずでした。

女の子と子猫は振り返りました。

一回めに時を巻き戻したときと同じに。

怪訝そうに、こちらを見ています。

幽霊は、必死になって自分を落ち着かせました。

（落ち着け、落ち着くんだ、俺）

（でないと、この子たちが怖がるから）

笑顔だ。笑顔になるんだ。

自分にそういいきかせて、幽霊は笑いました。身をかがめて、にっこりと。優しく。あのヒーローのような若者の笑顔を脳内に思い浮かべ、あんな感じで笑ってみました。そう、明るく。邪気がない感じで。正義の味方のように。

『きみたち、道路のそばで遊んじゃだめだよ。危ないじゃないか？』

女の子は最初、きょとんとした顔をしていましたが、こくんとうなずきました。

幽霊の方に、とことこと戻ってきます。

何も知らないお母さんが、ほっとしたような顔をして、幽霊のそばで女の子を手招きしました。

けれど、子猫は違いました。幽霊の言葉が聞き取れたはずなのに、面白くなさそうな顔をして、道路の方へと駆けてゆきます。

女の子が振り返って、子猫にいいました。

「道路のそばで遊んじゃだめよ。危ないから」

そのときでした。あのトラックが遊歩道に突っ込んできたのは。

その先には子猫がいました。

あのコンビニの若者が、風のように幽霊のそばを通り過ぎ、そちらへ走ってゆきました。

子猫を掴むようにすくいあげると、心配そうに見守っていたおばあさんに、なかば投げるように子猫を渡して、そして——。

自分は吸い込まれるように、トラックの下敷きになってしまいました。


(また——)

幽霊は歯がみしました。

女の子も、お母さんも、泣いていました。子猫もお母さん猫も、猫の哀しみ方で悲しんでいました。みんなを見守っていた、大学の先生のおばあさんも。

小さな命を助けるために、自分の身を投げだした若者のことを思い、泣いていました。

そのそばで、幽霊は悲しいより先に、己のふがいなさに苦しんでいました。

ないはずの歯を、食いしばりました。

その手には、やり直し券がありました。

三枚目の紙を、引きちぎりました。

（今度こそ――）


その日は土曜日でした。

川沿いの、柳のそばの遊歩道の近くを通っている、ふだんはあまり混むことのない細い県道も、郊外向けの道路なのでやや混みあいます。

幽霊は、我に返りました。

（いまはいつだ？）

（うまく時を巻き戻せたのか？）

昼下がり、早番の仕事を終えたのであろうあの若者が、伸びをしながら、店の外に出てきました。

（大丈夫だ。また、あの事故の前だ）

幽霊は心臓はもうないはずなのに、胸がときめくのを感じました。

若者の足下を子猫が駆けて行きます。

おや、と若者が子猫に目を留め、足を止めたとき、

「ねこちゃーん」

小さな女の子が子猫の後を追いかけてよちよちと走ってきました。

子猫が楽しそうに振り返ります。

幽霊が見たとおりに時間が流れて行きます。あの事故の前に起きたことが、また、そのままに。

そしてそのあと二回、起きたのと同じ、そのままに。

子猫と女の子は、何も知らずに元気に追いかけっこをしていました。

少し遅れて、女の子のお母さんが、「危ないわよ」と、走ってきました。

走ってゆく子猫と子どもとお母さんを、おやおや、というような穏やかな目で、ひとりのおばあさんも見ていました。

これも近所の住人で、大学の先生。コンビニで熱々のコーヒーと英字新聞を買うのが日課のひとつでした。今日も買いに来たところだったのでしょう。

子猫のお母さん猫も、心配そうな顔をして、小走りに見に来ました。

そう、何もかも、三度、幽霊が見ていたのと同じように。

（でも、これから先は、同じにはしないさ）

（今度こそ――）


幽霊は、ふたたび、子猫と女の子のあとを追いかけました。

『おい、危ないから、止まるんだ』

その声は、まわりの人々には聞こえません。ただ、小さな女の子と子猫には聞こえるはずでした。ええ、わかっています。「さっき」だってちゃんと聞こえましたから。

幽霊はにっこりと笑いました。

『ほらほらきみたち、道路のそばで遊んじゃだめだよ。危ないじゃないか？』

女の子は最初、きょとんとした顔をしていましたが、こくんとうなずきました。

幽霊の方に、とことこと戻ってきます。

何も知らないお母さんが、ほっとしたような顔をして、幽霊のそばで女の子を手招きしました。

けれど、子猫は違いました。幽霊の言葉が聞き取れたはずなのに、面白くなさそうな顔をして、道路の方へと駆けて――ゆこうとしたところに、幽霊は声をかけました。

『待って、待つんだ、かわいい子猫ちゃん』

子猫の耳がぴくりと動きます。

幽霊は、笑顔のまま、子猫に向かって身をかがめ、手で招きました。

『いい子だ。さあ、幽霊のお兄ちゃんが遊んであげるから、戻っておいで』

幽霊の半ば透ける手は、子猫にはどう見えたのでしょう?

面白そうだ、と思ったのでしょうか?

子猫は小さなお尻を振ると、勢いよくこちらに向かって駆け戻ってきました。

『よしよし、いい子だ。いい子猫ちゃんだ。おいでおいで』

子猫の母猫がほっとしたように駆け寄ってきます。

やれやれよかった、と思ったときでした。

あのトラックが遊歩道に突っ込んできました。

蛇行しながら。けれど充分に速い速度で。

けれど今度こそ、事故は起きないはず、と幽霊が思ったときでした。

あのコンビニの若者が、トラックに向かって走っていったのです。開いている助手席の扉に向かって。

『うわ、ちょっと待て、おまえ』

若者はどうやら、走ってくるトラックの運転手を救おうと考えたのでした。

扉にとりつき、開いて、中に乗り込もうと考えたのでしょう。

『待てよ、おい待てよ。そんなこと無理だよ。いくら運動神経が良くても、おまえでも、無茶だって。

ていうか、急に……』

急にそんなこと、思いつくなよ。

それでも若者の手は、トラックに届いたのです。ドアにしがみつき、走っているトラックの助手席に乗り込もうとしたのです。

一瞬、幽霊はそんな奇跡もありうるのかも、と思ったのです。

けれど——トラックは、若者を振り落とすように蛇行して、若者はあっけなくその下敷きになりました。運転席の老いた運転手が、そのときになって我に返り、歪んだ、泣きそうな顔になるのを、幽霊は見ていました。

（もう一度――）

（もう一度だ、今度こそ）

幽霊は、震える手で、四枚目のやり直し券をちぎり取りました。

笑い泣きしながら。

『ちくしょう、おまえ、なんて奴なんだよ。どこまで善人のヒーローなんだよ。少しは助けようとしている、この俺の身にもなってくれよ』

ため息をつき、四度目の願いをしました。

『もう一度、あの事故の前の時間へ』


その日は土曜日でした。

川沿いの、柳のそばの遊歩道の近くを通っている、ふだんはあまり混むことのない細い県道も、郊外向けの道路なのでやや混みあいます。

幽霊は、我に返りました。

四回目ともなれば、もうこの感覚も慣れたものです。

時間はまた、巻き戻っていました。

昼下がり、早番の仕事を終えたのであろうあの若者が、伸びをしながら、店の外に出てきました。

（大丈夫だ。今度こそ、絶対にうまくやる）

幽霊は心臓はもうないはずなのに、胸がときめくのを感じました。

若者の足下を子猫が駆けて行きます。

おや、と若者が子猫に目を留め、足を止めたとき、

「ねこちゃーん」

小さな女の子が子猫の後を追いかけてよちよちと走ってきました。

子猫が楽しそうに振り返ります。

子猫と女の子は、何も知らずに元気に追いかけっこをしていました。

少し遅れて、女の子のお母さんが、「危ないわよ」と、走ってきました。

走ってゆく子猫と子どもとお母さんを、おやおや、というような穏やかな目で、ひとりのおばあさんも見ていました。そう、大学の先生です。

子猫のお母さん猫も、心配そうな顔をして、小走りに見に来ました。

何もかも同じです。もう四回、幽霊が見ていたのと同じように。

(でも、これから先は、同じにはしない。絶対にだ)


幽霊は、ふたたび、子猫と女の子のあとを追いかけました。

『おい、危ないから、止まるんだ』

幽霊はにっこりと笑いました。

『ね、きみたち、道路のそばで遊んじゃだめだよ。危ないじゃないか?』

女の子は最初、きょとんとした顔をしていましたが、こくんとうなずきました。

幽霊の方に、とことこと戻ってきます。

けれど、子猫は違いました。幽霊の言葉が聞き取れたはずなのに、面白くなさそうな顔をして、道路の方へと駆けて——ゆこうとしたところに、幽霊は声をかけました。

『待って、待つんだ、かわいい子猫ちゃん』

子猫の耳がぴくりと動きます。

『いい子だ。さあ、幽霊のお兄ちゃんが遊んであげるから、戻っておいで』

子猫は小さなお尻を振ると、勢いよくこちらに向かって駆け戻ってきました。

『よしよし、いい子だ。世界一、おりこうでかわいい子猫ちゃんだ』

あのトラックが遊歩道に突っ込んできました。

蛇行しながら。けれど充分に速い速度で。

そして——。

あのコンビニの若者が、トラックに向かって走っていこうとするその前に。


幽霊は猛然とトラックに向かって走っていました。

生前はたぶん、一度もそうしたことがないような、全身全霊をかけた速度で。

命がけで走ってやる、と思って、いや自分はすでに死んでるじゃないか、と、瞬時に突っ込みを入れたりしながら。

あの若者はさすが元体育会系、運動神経が良かったので、足が速いのです。けれど、幽霊だって負けたものではありませんでした。なにしろ、からだが軽いどころか、肉体がないのですから。

空いていたわずかなドアの隙間から入り込むことができたのも、もちろん幽霊だからです。

そして、

『おい、しっかりしろ』

幽霊の声がそのとき運転手に届いたのは、運転手が恐らく死にとても近いところにいるからだろうと、幽霊は思いました。

だから前にも、目が合ったのだろうと。

「あんた誰だ?」

夢を見ているひとのようなまなざしで、胸元を押さえた運転手は尋ねました。

額に脂汗をかいています。急な発作でひどく胸が痛む、そんな様子に見えました。

『幽霊だ』

「えっ」

『ハンドルしっかり持て。ブレーキどうした? おい、気をしっかり持つんだ。でないと――でないとあんた、人殺しになっちまうぞ』

「ええっ」

ゆれるトラックの中で、老いた運転手は泣きそうな顔をしました。

そしてハンドルに抱きつくようにして、なんとか必死にトラックの進行方向を変えようとしたとき――。

まさにその瞬間、あの若者が、助手席のドアを開け、中に入り込んできたのです。

「大丈夫ですか？」

運転手に尋ねる彼には、そのときなぜか、幽霊が見えたようでした。

怪訝そうな顔をしたので、それがわかりました。

運転手は、彼に何事か訴えかけようとして――そのとき、車は激しい衝撃を受けました。

前方の窓を振り返ると、ガラスが割れるところでした。ブロック塀がまるで襲いかかるように、車内に飛び込んでくるのを幽霊は見ていました。

あの若者が衝撃で助手席から投げだされ、おそらくは車の下敷きになるのを感じました。絶望した運転手が叫ぶ声を聞きました。

幽霊は、怪我をした運転手がすすり泣くそのそばで、ただ呆然としていました。

コンビニたそがれ堂の、あの店員の言葉が耳に聞こえるようでした。

「あのね。ひとつだけ、いっておくけれど、どんなに時を巻き戻しても、もしあんたが助けたいひとがもう死ぬさだめにあるのなら、どうしたって運命は変えられないからね。

ひとの命の長さは変えられないの。伸ばしたり縮めたりできない。つまり、それくらい、命の生き死にというのは、重たい、取り返しのつかないことなの。

それればかりは――」

少女は薄金色に光る目で、幽霊を見つめながら、肩をすくめるようにしました。

「神様にだって、難しいことなのよ」


(なんだよ、事故に遭って死んじまうのが、あの兄ちゃんの運命だっていうのかよ。どうしたって助からないなんて、あんないい奴が。そんな馬鹿な)

幽霊は悔しくて泣きました。

目なんてないはずなのに、熱い涙が流れました。

『大丈夫だ。大丈夫。あと一枚、やり直し券がある』

幽霊は最後の一枚のやり直し券を、ゆっくりと開き、手にしました。

五枚目の券に念じました。

『もう一度、事故の前の時間へ』

と。


そして――。

五回目の、最後のやり直しは、順調に進みました。

女の子と子猫は、道路に近づくのをやめ、それぞれの母親は子どものそばに追いつき、大学の先生のおばあさんはほっとして。

そしてあの運命のトラックが走ってきました。

幽霊は身を翻《ひるがえ》して、トラックに向かって走りました。開いているドアの間を風のようにすり抜けて、助手席にふわりと乗り込むと、なかば意識を失っている老いた運転手の耳元で叫びました。

『しっかりしろ、じいさん。人殺しになりたいのか』

老いた運転手の目が一気に開きました。

さっきよりも早く、運転手は我に返り、

「あんた、誰だ？」

しゃがれた声で叫びました。

『何でもいい。俺の正体なんて、この際どうでもいいから、じいさん、ちゃんと運転しろ』

運転手は混乱して、朦朧《もうろう》としつつも、ハンドルにしがみつくようにしました。

『ブレーキだ。ブレーキを忘れるな。この先にブロック塀がある。なんとか減速して、うまい具合にぶつけて止まれないか？』

「うう、やってみる」

実際にはその会話は、ほんのわずかな間に交わされたものでした。そしてそのあと、あのコンビニの若者がドアを開けて乗り込もうとしたのも、ほんの数瞬の間の出来事だったのです。

若者は、助手席にいる幽霊を見て、怪訝そうな顔をしました。

いまの幽霊にはわかっています。

いまの彼は、死とすれすれの場所にいるから、自分が見えるのだろうということが。

（でも、今度こそ、助けてみせる）

幽霊は、若者に叫びました。

『もうじきこのトラックは、ブロック塀に突っ込んで止まるだろう。そのときに、車から振り落とされるな。しっかり摑まってるんだ。死ぬ気でがんばれ』

若者は訳もわからないままに、勢いに押されたようにうなずきました。

『よし』

幽霊は微笑みました。

『おまえはね、生きていなくちゃいけないんだ。正義のヒーローだものな』

トラックに衝撃が走りました。

若者は幽霊にいわれた言葉を守ろうとしたかのように、助手席にしがみつこうとしていましたが、あっけなく、車外へと飛ばされていきました。


そして——。

幽霊は、運転席ですすり泣く老いた運転手の声をただ聞いていたのでした。

その透き通る手の中には、もうやり直し券は一枚も残っていませんでした。

(もう一度──)

幽霊は、駅前商店街の路地を歩きました。

コンビニたそがれ堂を探して。

(もう一度、やり直し券を──)

そうしたら、今度こそうまくやるのだ、と。

今度こそうまくいくはずだ、と思いました。

路地を曲がると、ふいに、あっけないほど簡単に、あのコンビニに出くわしました。

駆け込むように店内に入った幽霊は、カウンターに駆け寄り、店員のねここに頭を下げました。

『あの、お願いです。もう一度、やり直し券を、やり直し券をください……』

「あら」

と、ねここは妖しげに光る目を細めて、聞き返しました。

「こないだ差し上げた、あの券ではうまい具合に願いが叶わなかったの?」

『──はい。ぎりぎりのところで。だから、だから、今度こそ』

「でも、やり直し券は、あと一綴り、五枚しかないのよ？」

『その最後の五枚があれば』

「ほんとうに助けられると思うの？」

『……』

ねここは頬杖をつくように、てのひらを頬にあてて、しばらく考えるようにしました。

「困ったわねえ」

どこか楽しそうに、いいました。

「同じ願い事を持つお客様が、集まっちゃったのよね。そうねえ、とりあえず、みんなで挨拶とかしてみる？」

ねここに手招きされて、どこからともなく店内に姿を現したのは、幽霊が知っている顔ばかりでした。

あの小さな女の子、女の子のお母さん、駐車場にすみついている子猫、そのお母さん猫、大学の中国語の先生、そして——トラックを運転していた、あの老いた運転手。

みなが自分たちがこの場で鉢合わせしたことに驚いているようでした。

そして、ここが魔法のコンビニだからなのでしょうか、みなに普通に幽霊が見え、その声も聞こえるようでした。

ねここが幽霊にいいました。

「ここにいるのはみんな、時をほんの少し巻き戻したいひとばかり。——そうして、たそがれ堂のことを思い出して、うちの店の魔法の力で、悲しい事故を起こさないですむようにしたいひとばかりなのよね」

お母さんが女の子を抱いて、いいました。

「この子を助けるために、あのコンビニの親切で優しいお兄さんが事故に遭うなんて、そんな酷い話はないと思うんです。悲しくて悲しくて泣いていたとき、子どもの頃に聞いた、コンビニたそがれ堂のことを思い出して」

痩せたお母さん猫は、子猫をそばに置いて、訴えるようなまなざしで、周囲を見回していました。

いいたいことはたぶん、人間のお母さんと同じなのだろう、と幽霊は思いました。

大学の先生が、流ちょうな日本語でいいました。

「彼はわたしの教え子なんです。とても心根の綺麗な若者で、あんなにいい子は、この街の有名な都市伝説、たそがれ堂の魔法の力を借りてでも守らねばならないと思ったのですよ。この国とわたしの国のため――いいえ、世界のために」

老いた運転手がうなだれていいました。全身に包帯を巻き、手には杖をついています。

「自分のために若いひとが事故に遭うなんて――叶うことなら、自分が代わりに死んでもいい、そう思ううちに、子どもの頃からよく聞いていた、コンビニたそがれ堂のことを思い出したんです。そんな店、あるはずがないと思いながら、あると信じて探すしかなくて。――そうしたら、たどりついたんです、この店に」

みんなの目が、幽霊をみつめました。

幽霊は戸惑い、一瞬言葉を見失い――けれど落ち着いて、これまでのことを話しました。

自分が柳の下で暮らす、幽霊であること。

コンビニの若者を助けようとして、時を何度も遡り、けれど五回ともうまくいかなかったことを。

みんながしんとして、幽霊の話を聞いていました。

時を巻き戻しても、そうそううまくはいかないこともあるのだと、みなが怖くなったのかも知れないと幽霊は思いました。

神様のコンビニの魔法があっても、きっと、救われないこともあるのでしょう。

祈っても助からないことが。

——けれど。

野良猫のお母さんが、すうっと幽霊のそばに近づき、透ける足下にその身をすり寄せるようにしました。見上げて、優しい声で鳴きました。

『ご苦労様。大変だったわね』

と聞こえました。そして、

『ありがとう』と。

その場にいたみなの顔に、優しい笑みに、同じ言葉が浮かんでいました。

『あなたはひとりで戦ってたのね』

野良猫は、にっこりと笑いました。優しい、輝く目をして。

おばあさんが、猫の言葉がわかったように、大きくうなずきました。

「そうね。――でも大丈夫、もうひとりじゃない」

おばあさんは、ねここに聞きました。

「ねえ、店員のお嬢さん。そのやり直し券って、ひとり一枚ずつわけることはできるんでしょうか？」

ねここは笑顔でうなずきました。

「いいわよ。――でも、券は五枚しかない。時を巻き戻せるのは、ひとりにつき一回きりになっちゃうけど。

それでよければ」

おばあさんは、幽霊やみんなを見回して、笑顔でいいました。

「みんながそれでよければ、今度はみんなで時を遡ってみようと思うんです。みんなの力で事故を起こさないようにしてみようと」

ひとびとは――幽霊も、はっとしたようにおばあさんの笑顔をみつめました。

おばあさんは、柔らかなまなざしで、幽霊を見ました。

「ひとりで頑張るのは辛かったでしょう？　でもね、大丈夫。みんなで力を合わせれば、きっと大丈夫」

女の子と女の子のお母さんも、子猫と子猫のお母さん猫も、運転手も、みなが幽霊の方を見ていました。笑ってくれていました。

ねここがみなに、一枚ずつ、やり直し券を配りました。

「巻き戻して、やり直した未来に納得したら、時を巻き戻したことは忘れてしまう。それがこの券の魔法の終わりなの。

だからみんな、願いが叶えば、ここでこんな風に話したことも、たそがれ堂に来ることができたことも、きっと覚えてはいられない。ちょっとだけ残念ね」

おばあさんがいいました。

「まあ、そうなの。仕方ないとはいえ、少しばかりさみしいことね」

女の子がいいました。

「大丈夫よ。わたし、忘れない。もしみんなが忘れても、がんばって、おぼえてるから」

ね、と子猫に話しかけると、子猫も『わたしも』というように、にゃあ、と鳴きました。

女の子は、幽霊を見上げました。

「幽霊さんも、忘れないよね？」

幽霊は、静かに微笑んで、うなずきました。

そして——。

その日は土曜日でした。

川沿いの、柳のそばの遊歩道の近くを通っている、ふだんはあまり混むことのない細い県道も、郊外向けの道路なのでやや混みあいます。

昼下がり、早番の仕事を終えたのであろうあの若者が、伸びをしながら、店の外に出てきました。すると、その足下を子猫が駆けて行きます。コンビニの駐車場辺りに最近すみついた野良猫親子の子猫でした。　おや、と若者が足を止めたとき、

「ねこちゃーん」

小さな女の子が子猫の後を追いかけてよちよちと走ってきました。

子猫が楽しそうに振り返ります。

どうも、子猫と女の子で追いかけっこをしているようなのでした。

少し遅れて、女の子のお母さんが、「危ないわよ」と、走ってきました。

走ってゆく子猫と子どもとお母さんを、おやおや、というような穏やかな目で、ひとりのおばあさんも見ていました。

これも近所の住人で、大学の先生。コンビニで熱々のコーヒーと英字の新聞を買うのが日課のひとつでした。今日も買いに来たところだったのでしょう。

子猫のお母さん猫も、心配そうな顔をして、小走りに見に来ました。


何もかもが、事故の前のあの午後と同じでした。

違っていたのは、そこに集うみんなが――大学生の彼以外は、このあと何が起きるか知っている、ということでした。

今度こそ、それを止めなくてはいけない、ということも。

そのためには各自がどうすればいいのか、ということも、相談済みでした。

だから、小さな女の子と子猫は、道路のそばまで追いかけっこをしようと駆けだしたものの、すぐに自分たちで帰ってきました。

なので、あの親切なコンビニの店員は、

「道路のそばで遊んではいけ……。

あれれ？」

女の子と子猫を捕まえて、叱ろうとしていたのに、ひとりと一匹がくるりとこちらに戻ってきたので、言葉を呑み込み、ま、いいや、というように笑顔になりました。

そんなお兄さんに、女の子はつんとすましていいました。

「いま、わたしとこの子が道路に飛び出しそうになるって思ってたんでしょう？わたしもこの子ももう大きいから、そんな悪いことはしないのよ」

子猫もつんと鼻先を上げて、女の子と一緒に歩いてきます。

女の子はお母さんの方へ、子猫もお母さん猫の方へ。なかば急ぎ足で駆け寄って、寄り添いました。

緊張した表情で、コンビニの青年を見つめます。

若者は不思議そうな表情を浮かべ――そのときでした。遊歩道に向かってトラックが蛇行しながら、突っ込んできたのは。

若者は助手席のドアが開いて揺れているのを見ると、迷いもせずに駆け出しました。

そう、幽霊が覚えている、四回目と五回目に若者がそうしたのと同じように。

違っていたのは、トラックの運転手が、そのとき自分が発作に襲われると知っていた、ということでした。

運転手は——そのとき持病の心臓の調子が悪くなる、そのこと自体から逃れることはできなかったにせよ、自分のできる限りのことをしようとしていました。

自力でなんとかして、トラックを止めること。あのコンビニの若者を巻き込まないこと。

そして——。


トラックに向かって走る若者、それよりも速く走る、二つの影がありました。

ひとつは影の薄い幽霊の、なかば透けた、透き通る影です。

そしてもうひとつ。

太極拳の先生でもあるという、あの大学の先生が、蛇行するトラックに向かって疾風のように走ってゆき、あたかも映画スターのアクションのような軽やかさで、トラックのドアにとりついて、助手席に飛び込んだのです。

その様子に若者は一瞬気圧《けお》され、トラックにおいて行かれました。

その一瞬が、運命を変えたのです。


呆然と立ち尽くした若者と、見守る幽霊とお母さんと女の子とお母さん猫と子猫の前で、トラックはゆっくりと走るのをやめました。

それは実に、塀にぶつかるその寸前という辺りで。

そして、トラックの助手席からは、高い座席からなかば飛びおりるようにして、あの、大学の先生のおばあさんが降りてきたのです。

右手の指で、Ｖサインをしながら。

もう片方の手に持ったスマートフォンに話しかけて、おばあさんは１１９に電話したようでした。


「さて」

おばあさんは幽霊を振り返りました。

その場にいたひとびとと目を合わせ、そしてハイタッチを――。

ハイタッチをしているうちに、ふと、自分が何をしているのかわからなくなったようでした。なぜこのひとびとと喜び合っているのだろう、と。

ゆっくりと手を下ろし、そしてひとびとは、曖昧な微笑みを浮かべたまま、どこか恥ずかしそうに、ときどき会話などしながら、救急車を待ちました。

さっきまでみんなに幽霊が見えていたのに、いまはもう、彼に目を留めるのは、小さな女の子と、猫の親子だけでした。

絶対に忘れない、といっていた小さな女の子だったけれど、やはりもうたそがれ堂のことも、そこで話したことも忘れてしまったのだろうな、と幽霊は思いました。

救急車が来る前に、誰かが呼んだのでしょう、パトカーがやってきました。

走っているトラックに乗り込んだ、勇猛果敢なおばあさんは、身振り手振りつきで、どんな状態だったかを語ったあと、笑っていいました。

「でも、不思議なのよ。何であのとき自分がトラックに乗り込んで運転手を止めようとしたか、どうしても思い出せないの。まるで――からだが勝手に動いたみたいで」

そして救急車が到着し、意識がない運転手と、そのひとにつきそってあげることにしたおばあさんが病院へ運ばれてゆくと、残るひとびとは、互いに会釈など交わし、それぞれの家への道を辿りました。

女の子も、お母さんに手を引かれ、自宅のあるマンションの方へと足を向けようとしたのですが、その手を離し、駆け戻ると、子猫を抱き上げました。

そのまま、お母さんの方へ唇を結んで、歩み寄ります。二度と離れたくない友達を抱きしめているような、神聖な表情で。

「あらあら」

お母さんは身をかがめ、そして笑いました。

「子猫ちゃんとお友達になったの？」

女の子はうなずきます。

「その子とは今日会ったばかりじゃなかったかしら。まるで何回も何回も一緒に遊んだ、友達同士みたいに見えるけど」

女の子はぎゅっと子猫を抱きしめ、子猫も女の子にぴったりと身を寄せました。

女の子は、お母さんにいいました。

「みんなでたそがれ堂に行ったんだよ」

お母さんは身をかがめ、女の子の汗ばんだ前髪の辺りをそっとなでました。

「そんな夢を見たのね。いいなあ、お母さんも、夢で良いから、コンビニたそがれ堂に行ってみたいな」

そして、笑顔でいいました。

「その子猫ちゃん、うちの子にしていいわよ。だから、一緒に安全なところで遊んでね。また道路のそばで遊んだりしたら危ないから」

そういってから、首をかしげました。

「『また』？　またって何か変ねえ」

そしてお母さんは、コンビニの方を振り返りました。

あの痩せた野良猫が、道に腰を落として座ったまま、じっと自分たちを見つめている、それに歩み寄ると、いいました。

「猫のお母さん、よければあなたも来ない？　初めてお話しするのになんだけど——なんだかあなた、『仲間』みたいに思えるのはなぜなのかしら。まるで一緒に大切な任務を果たした仲間同士みたいな気がするわ」

猫は、にこ、と笑いました。

自分もそう思う、というように。

そして猫は立ち上がると、お母さんに招かれるままに、その後をついていったのです。

コンビニのそばの遊歩道には、いまはもう、あのヒーローのような若者と、幽霊しか残っていませんでした。

若者の目には、幽霊は見えないでしょうから、彼はひとりきりでそこに立っているような気持ちだったに違いありません。

そんな彼を、あのお母さんとお母さん猫が振り返りました。

お母さんとお母さん猫は、深く若者に頭を下げました。

心からのお礼の気持ちを伝えるように。

でもそれはわずかな間のこと。

お母さんとお母さん猫、それに小さな女の子と子猫は、賑やかに、そして楽しげに道を歩み去って行ったのです。

若者は何を思ったのでしょう。

ただ一言、こういいました。

「何だか、不思議な午後だったなあ」

うーん、と、両腕を伸ばし、気持ちよさそうにのびをすると、そして彼も、自分の家の方へと帰っていったのでした。

おそらくは——うしろから彼を見守る、幽霊のまなざしには気づかないままに。

幽霊はそれでも若者の背中を見守り続け、元気で大きな背中が無事に遠ざかるまで見守り続けました。

若者は春の青い空の下を、まるで映画のエンディングのシーンのように、まっすぐに、かっこよく、歩み去って行きました。

幽霊は、やがて、満足そうな笑みを浮かべると、ふと、自分の足下を見ました。

透ける足下が——何だか軽いのです。ふわふわと浮くのです。

『あれ？　なんだこれ？』

羽毛のように、からだが浮かび上がりました。今なら空も飛べそうだ、と、思った瞬間に、ふわりと風に吹き上げられたように、全身が浮き上がっていました。

まるでからだが羽毛でできているようでした。

(何だか、これってまるで――)

成仏するみたいだな。

それか昇天――。

そう思ったとたんに、それが正解だとぴんときました。

彼はもうほとんど空気に溶け、透き通った風の一部になった姿で、微笑みました。

(そっか。俺にもきっと未練はあったんだなあ……そうかあ)

彼はふわふわと浮かんだ空から、あの懐かしい柳の下のベンチをみつめました。

胸の奥が疼《うず》くように、あの場所にまた帰りたいような気がしましたが――けれど、同じくらい、風に溶けてどこかに行きたいような気持ちにもなっていました。


そしてそれから、いくらか長い年月が流れました。

たそがれ堂で、ねここが、店長の風早三郎とあれやこれや話しながら、店の開店の準備をしていたとき、ふと、あやかしの第六感が働いて、店のＦＭラジオをつけました。ちょうど昼下がり。地元のＦＭ局、ＦＭ風早の、お昼の番組が流れていました。

リスナーから募った、様々なリクエスト曲をかけながら、軽快なお喋りで街の話題やニュースを伝える、素敵な番組です。

ちょうどコマーシャルが終わって、その日のゲストを迎える時間が始まりました。

番組のパーソナリティが紹介するには、今日のゲストは、いま世界で話題のひとだそうで、知るひとぞ知る海外の優秀な賞を与えられることになったのだという話でした。

そのひとは長く戦争や内乱が続いているどこか遠くの砂漠の国で、義手や義足をデザインし作り上げる仕事を、もう二十年近くも続けてきていて、その功績を称えられて、受賞することになったということらしいのです。

授賞式前の、まさに今日、久しぶりに故郷であるこの街に帰ってきたばかりだとか。少しのんびりしてから授賞式が行われる北欧の国へと旅立つそうです。

だいぶこの街も変わりましたねえ、と、朗らかな声が響きました。

「へえ、立派なひともいたものですねえ」

銀の髪に金の瞳の見た目は若い青年のようなこの店の店長が、おでんの鍋の準備をしながら、よきかなよきかな、というようにうなずいて、いいました。

『受賞をいちばんに伝えた方はどなたでしたか？　あるいはこれから伝えたい方は？』

　パーソナリティが尋ねます。

　すると、ゲストの声はいいました。

「ちょっと不思議な話なんですけどね、一度だけ会ったような、会わなかったような、そんなひとに会って伝えたいんですよね」

『といいますと？』

「大学生の頃なんですが、この街のコンビニでバイトしてた頃に不思議なことがあったんです。ある春の日の昼下がりに、夢を見たんですよ。わたしはなぜか暴走中のトラックの助手席にいて、運転中に意識をなくしかけた運転手さんをなんとか助けようとしてるんです。

　で、わたしのそばに、ひとりの知らない、優しそうな学生風のひとがいて、真剣なまなざしでわたしに諭すように話しかけるんですよ。

『おまえはね、生きていなくちゃいけないんだ。正義のヒーローだものな』

　その言葉を、不思議と覚えてるんですよ。そのひとの表情も。まなざしの強さも」

『なんだかドラマチックで、不思議な夢ですね』

「ええ。実は、わたしも最初から、今の仕事についたわけじゃなく、いろんな生き方を模索した上で、これだ、と道を決めたんですが、そのあともまあ、やめようかな、なんて何度も思いました。もっと楽な道を選んだっていいだろうとかね。——やめなかったのは、わたしは生まれついて人間が好きで、人助けが好きな人間だったからというのと、あの日、夢の中で聞いた言葉が、わたしを導いてくれたからなんですよね」

『はー、なんだか不思議なお話ですねえ』

「不思議なお話なんですよ」

『でも、その夢の中の言葉が、たくさんのひとびとを救う仕事を続ける方向へと、先生を導いたってことになりますよね』

「そうですね。そしてわたしは、この道へ進んだことも、自分のこれまでの人生も、後悔していません。充分幸福で、満ち足りています。——そんなことを、受賞の言葉とともに、夢の中の恩人に伝えたいんですが、無理ですよね」

『そうですね。ラジオの電波が、夢の世界まで届けば良いんですけれど』

　ところで、とパーソナリティは、そこで言葉を切りました。ぱさぱさと乾いた音がします。

『ここで番組から、偉大なお仕事をなさっている先生に、ささやかな花束を贈らせていただきます。

　ヒーローのようなあなたと同じ街の住人であることを、誇りに思っています。

　おめでとうございます』

「ありがとうございます」

　花束をそのひとは受け取ったのでしょう。

　番組は、コマーシャルに入りました。


　たそがれ堂のねここは、ふと、店のガラス越しの空を見上げました。――あの日、影の薄い幽霊を店に迎え入れた日と同じように、今日の空も柔らかな青色に光っています。

　春の空――そろそろ終わろうとしている季節の、淡く優しい青色の空です。

「――ねえ、聴いてる？」

ねここは、聞くともなしに尋ねました。

「いまのラジオの話、少しでも聞こえた？」

ラジオの音も、ねここの声も、いまとなっては、影が薄い幽霊の耳に届いたのかどうか、誰にもわかりません。

ただ、春の空はひたすらに青く、ひたすらに優しく。

全てを飲み込み、果てしなく続くその青色に、ねここはしばし見とれたのでした。

約束の夏

七月。そのある日のたそがれどき。

誰かに名を呼ばれたような気がして、悟郎《ごろう》さんは振り返りました。

風早駅前の地下道は、仕事や学校帰りの人々でにぎわい、それぞれが道を急ぎ、あるいはのんびりと道を辿っています。

特に知っているひとの姿もなく、

(気のせいか——)

最近とみに老眼が進んで、眼鏡の度が合わなくなってきているのですが、耳の方もおかしくなってきたのでしょうか。

(補聴器はいくらなんでもまだ早いかと思っているんだがなあ。まさかなあ)

耳の辺りをもんで、ため息をつきました。

気がつけば、じきに還暦です。

からだの衰えや、あちこち痛むことも増えてきました。耳だって、どうにかなったっておかしくはないというものでしょう。そういえば、趣味のレコード鑑賞も、若い頃には聞こえていた、弦楽器の高い音が聞こえなくなっていたのに気づいたばかりでした。

考えてみれば、機械だって、建物だって、経年劣化するものです。ひとのからだだって、構成する素材が違うだけで、大差ないのではないでしょうか。年齢に応じて、日々酷使されるのが肉体、一年三百六十五日、休みなしに働いているわけで。心臓に至っては、生まれ落ちるその前から、ひとときも休むこともなく鼓動し続けて……。

(ああ、この話題で、ひとつエッセイが書けそうだな)

ちょうどよかった。先だって依頼があった、月刊誌向けの短文に、こんな話を書こうかと、脳内にメモをしておくような気持ちになりました。

(それにしても――)

耳の奥に、まだ声が残っているような気がしました。朗らかな、上機嫌な声。

若い女性の。

懐かしい声でした。同時に、切なく、胸の奥が苦しくなるような声でもありました。

少しハスキーな、照れているような笑みを含んだ声。

（寝不足のせいかなあ）

頭の芯の方に、いつまでも目が覚めきらないような、はっきりしない部分がありま
す。

ここ数日、ずっとこうでした。

あの声は、こんなところで、雑踏の中で聞こえるような声ではないはずなのに。

「西野《にしの》先生、もしかして、今日ちょっとお疲れでいらっしゃいます？」

懇意にしてくれている、駅のそばの百貨店の中の老舗の書店で、文芸担当の若い書店員さんが、心配そうに声を潜めて聞いてきました。

出たばかりの自著の売れ行きがどうなのか、こっそりと様子をうかがいに来たのですが、顔見知りの彼女にめざとく見つけられてしまいました。

辺りの棚を直しながら、悟郎さんに笑顔で話しかけてきてくれます。

「ああ、いや……」

ついなんともないと答えようとして、まあいいか、隠すこともあるまい、と悟郎さんは苦笑しました。

「ちょっと寝不足みたいでね。たぶんそのせいで、色々と具合が悪くて」

老眼鏡やら補聴器やらの話をしないのは、それでもほんの少しは見栄を張っているのかも知れません。あるいは、著者としてかっこ悪い話はしてはいけないとか。

悟郎さんは、元々医師で、臨床の現場ではなく、大学病院で若い日からさまざまな研究を続けていたのですが、そんな中で日常のことや趣味のあれこれを綴ってきた短文が認められ、随筆家への道を歩みました。

運が良かったのでしょう。そのあと出す本出す本、話題の本となり、やがて研究者としての仕事を辞しても、家族とともに、慎ましく暮らしていける程度には収入を得られるようになりました。

昨年冬にからだを壊したことと、来年春にひとり娘の奈名子《ななこ》が無事大学を卒業することになり、就職先も決まったので、妻とも話し合い、これを機に筆一本で食べていくことにしました。

(そう、我ながら幸運で、恵まれた人生だったよなあ)

若い日に上司の紹介で知り合った妻の陽子《ようこ》は、その名の通り、明るく朗らかで、性格に陰ひなたがないところが好きでした。心身ともに健康で、食べることが好きで、ひとに美味しい物を食べさせることも好きで――なので、最近は、陽子も雑誌やWebでレシピや食卓を紹介する機会も増えてきました。いつも笑顔で人好きのするところがさらに仕事を増やしているようで――。

（いまに俺より稼ぎが増えそうだ）

出版社から、エッセイ集を出しませんか、なんて話も来ているようなのでした。

（あのそつのなさがうらやましい）

子どもの頃から、人付き合いがあまりうまくはなく、器用な会話もできず、それもあって臨床の道を選ばなかった悟郎さんとしては、我が妻の躍進ぶりが少しばかりうらやましく、また得意でもあるのでした。

「寝不足ですか？　それはよくありませんねえ」

書店員さんはそういうと、気遣わしげに眉間に皺をよせました。

「先生この頃、お仕事忙しそうですしね」

「いやいや全然。書く方専業になって、以前より、ずいぶん楽になったんだよ。一日ずっと家にいられるしね。――ただ」

「ただ？」

「この頃、どうも変な夢を見ているようでね。起きてからとても疲れているんだ」

「変な夢？　――どんな夢です？」

悟郎さんは、ううむ、とうなりました。

「それがね、どうもよく覚えていないんだ。ただ、目が覚めたとき、寂しくなる。とても大切なものとさよならしてしまったような――取り返しのつかないものをなくしてしまったような、そんな気持ちになるんだ」

そこは光に溢れた、白っぽい場所のような気がします。足下にはゆったりと水が満ちているような気もします。日に当たってぬるくなったような、優しいぬるさの水です。

自分は何かとても大事なことを忘れているような気がするのです。忘れられたその「何か」が背中のそばまで来ていて、そっと呼びかけているような気がするのです。

『忘れないで』

『思い出して』

『思い出してくれた？』

『ねえ』

『ねえ？』

そんな話を、書店員さんにとりとめもなく話していると、彼女は笑って、

「先生がホラー作家やミステリ作家さんだったら、この経験をもとに一冊書けちゃうんでしょうけどね。先生、随筆家さんですからね」

「そうだね。それに、ちょっと作風が違う」

夢の話として、エッセイに書けないこともないと思うのですが、そこはかとなく怖い話でもあるので、いままで自分が書いてきたものとは違う気がします。

「先生の作風ですと、そうですねえ……知的で穏やかな感じのエッセイですものね。お好きな本や音楽や、絵画や映画について語りつつ、人生や人類について語るような。語り口は少しだけレトロで、軽妙で、優しい――」

書店員さんは軽く腕組みをして一瞬瞑目《めいもく》し、すぐに目を開くと、人差し指をぴんと立てていいました。

「いっそコンビニたそがれ堂に出かけて、夢の話を聞いて貰うとかどうですか？

店長さんに聞いてみればいいんですよ。わたしは何を忘れているんでしょうか、って。それをエッセイにされたらどうでしょう。ついでに不眠症の薬も探してくるとか。うん、それがいい。一石二鳥じゃないですか」

「コンビニ――たそがれ堂?」

聞いたような聞かないような。

悟郎さんは首をかしげました。――記憶の底の方にひっかかる気がするのは、我が子奈名子が子どもの頃に、彼女から聞いたことがある話のように思えたからで。

「あ、そうか。先生はこの街でお育ちじゃなかったんでしたっけ? 風早の街には、この土地の神様が経営する不思議な魔法のコンビニがあるんですよ。そこへ行けば、欲しいものは必ず手に入る、という噂のお店で――」

「ああ、思い出した。その店は、駅前商店街のどこかの路地を曲がったところにあるんだったよね」

「ですです」

楽しげに、書店員さんはうなずきました。

駅前商店街というと、まさにこの辺りの商店街の名前でした。大きな商店街で、一部はアーケードになっていたり、方々が他の小さな商店街に続いていたりもします。無数の路地があって、古い通りだと石畳や煉瓦の舗道が苔むしていたりして、風情があるのです。

悟郎さんは、懐かしくなりました。その店のことを誰かと話題にするのは、久しぶりのことでした。うなずきながら、話を続けます。

「長い銀の髪に金色の目の店長さんがいて、美味しいおでんやコーヒーを出してくれるんだよね」

そう、奈名子が小学生のときに、悟郎さんに聞かせてくれたのです。背中にランドセルをしょったまま、学校で友達からこんな話を聞いた、と、目を輝かせて。あれは夕方——めずらしく明るいうちに悟郎さんが家にいた日のことでした。

夢があって良いことだ、と思ったので、悟郎さんはにこにこ笑いながら聞いていました。都市伝説なのかな、なんて思いながら。

神様なのに、最近のコンビニの新しいサービスを取り入れるのが早いんだなあ、なんて当時微笑ましく思った記憶が蘇りました。

「たそがれ堂にねえ。しかしあれは、そう簡単に行けるお店じゃなかったんでは？」

そもそもあのお店は、都市伝説。ほんとうは存在しないお伽話のお店のような。

「そりゃたそがれ堂ですもの。行けなかったら仕方ないですよ。そのときは、やはりその店は見つからなかった、としめればいい。どっちにしろ、夢とも幻想ともつかない、美しい文章になると思います。読んでみたいなあ。

それかいっそ、わたしはコンビニたそがれ堂に行こうと思った、でしめるとか。童心に溢れる、素敵なエッセイになりそうな気がしません?」

「ううむ。それはそうかも知れないが……」

ちょうどそのとき、レジの方で、お店のひとが、渚砂《なぎさ》さん、と彼女に声をかけました。

書店員さんは悟郎さんに手を合わせ、

「すみません、先生、応援に行ってきます」

「いやいや、楽しかったよ。ありがとう」

会釈して、悟郎さんがその場を離れようとしたとき、書店員さんは付け加えました。

「たそがれ堂に行きつけますように。わたしも一度で良いから、あのお店に行ってみたいと思ってるんですよ」

「神様が経営するコンビニ、か」

サンタクロースみたいなものなのかもな、と、悟郎さんはどこかほのぼのとした思いで、そのコンビニのことを思いました。

先ほどの書店は百貨店の中にあり、帰りは地下道ではなく、一階の正面玄関から出たので、夏の宵のぬるい風が、悟郎さんの体を包み込みました。

大通りを自動車の群れが行き交います。

歩道にはひとの流れ。空には丈高いビルを彩る、様々な電飾に、ビルの窓の灯り。高い空には、どこかへ向かう飛行機の翼の光が見えます。この時間にこの街の上空を行く飛行機は国際線だったはず。

点滅する飛行機の翼の光を見上げ、街の光と雑踏の音に包まれながら、悟郎さんはふと、自分がいまここにこうしていることが夢のような気がしました。

自分はいったいいつの間におとなになって、こんな風に街の真ん中でさも慣れたように佇んだりしているようになったのだろう、と。

電車に乗って帰れば、自分の家が（広い庭と手入れの良い植木や草花の茂る、洒落た造りの）あって、愛妻が料理をつくって自分の帰宅を待っていてくれて、愛娘が、老いた愛犬のダックスフントを侍《はべ》らせつつソファに寝転んで、お菓子でもつまんでいるだろう、そんな当たり前のことが何だかとても遠いもののように思えました。

ふと、風に乗ってピアノの音が聞こえました。商店街の楽器店の前に置いてあるピアノです。街のひとたちに自由に弾かせているピアノで、いまは大学生らしい若者たちがピアノのそばに集まり、楽しげに流行り歌やゲーム音楽らしき曲を奏で、通りすがりの人々の拍手を貰ったりしていました。

若者たちがピアノのそばを去って行ったあと、悟郎さんは引き寄せられるように、ピアノのそばに行きました。

鍵盤に手をふれてみたときには、周りのひとたちがこちらを見ていることなど、気にならなくなりました。

椅子に腰をおろし、鍵盤に手を滑らせ、そして——。

〈ラプソディ・イン・ブルー〉

なんとはなしに奏でてしまったのは、気持ちが大学生に戻ってしまっていたからかも知れません。その頃よく聴き、弾いていた曲だったたから。

指が動くままに適当にアレンジしながら弾いてゆき、ふと我に返って目を上げると、まわりにたくさんのひとびとが集まっていて――。

面《おも》はゆくなった悟郎さんは、慌てて椅子から立ち上がると、急ぎ足でその場を立ち去りました。

歩きながら、ふと、商店街のショーウインドウに映った自分の姿が、他人に思えて仕方がありませんでした。

きちんと整えてあるとはいっても、長めの髪には白髪が多く交じり、頬の辺りの肉はたるみ、たるんでいるといえば、お腹まわりだって。そしてもたつくこの足取りときたら。

何よりも――。

悟郎さんは、そっと胸を押さえました。

昨年冬に、心臓を病みました。しばらく入院して、この世に復帰してきましたが、もう無理はできません。若い頃のように、思い切り走ることも。

悟郎さんは、ゆっくりと顔を上げ、暮れてゆく街とひとを眺めながら歩きました。

若かった頃は、足が長いのがひそかに自慢でした。余分な肉のついていない細い足で、洋画の登場人物のように、心持ち急ぎ足で歩くのが好きでした。

(あの頃と、足の長さは変わっていないんだろうになあ)

指の長さも。

右手の小指の付け根の辺りにある、小さなほくろの位置は、昔のままでした。指の長さも動きの滑らかさも。変わったのは、左手の薬指の古い結婚指輪だけでした。

――いや昔通りじゃない。運指がだいぶ怪しくなっているな、と自分で気づいてはいました。

昔、この小指のほくろが好きだといってくれた女友達がいました。古いジャズ喫茶に置かれていたアップライトピアノを戯れに弾いて見せたとき、ふと、そういったのです。

独り言のように、小さな声で。

その友人――梨々可《りりか》は、悟郎さんが遠くの街の大学の二年生で、まだ医学の道に進むことを決めていなかった頃、同じ理学部で学んでいた、同い年のひとでした。とっている講義がよく重なったことと、偶然知った音楽の好みが同じだったこと、極めつきは、悟郎さんのお気に入りだったジャズ喫茶で彼女がアルバイトをしていたことで、ふたりは仲良くなりました。

その店は彼女の親戚が経営している店で、内気な梨々可はコミュニケーション能力を鍛えたくて、この店で働いているのだと恥ずかしそうに話してくれました。

最初はひそかに、肩までで切りそろえた黒い髪と白い肌、形の良い唇が、こけしみたいだな、なんてひどいことを思ったのを覚えています。でも、こけしみたいでかわいいな、と思ったのです。

やはりこけしみたいな黒く澄んだ瞳が、どこか神秘的だな、とも思いました。

梨々可も、そして悟郎さんも、親元を離れて、大学のそばにある狭い部屋でひとり暮らしをしていました。都会の街に慣れてきて、人見知りをしつつ、まわりに馴染み始めてきた大学二年の春。いま思うと、互いに少し勇気が出てきた頃、それでいて、まだ人恋しい時期でもあったのでしょう。

その店でランチを食べたり、コーヒーを飲んだりするうちに、いつしか彼女は悟郎さんにふんわりとした笑顔を向けてくれるようになり、彼にはたくさんの言葉を話してくれるようになりました。

「だって、悟郎さん話しやすいから。ずっと昔から友達だったみたいで」

そんなことを、白桃のような色白の頬をさあっと染めていってくれましたが、まさにそれと同じことをいつも悟郎さんは思っていたのでした。

梨々可はとても植物が好きで、そちらの研究に進みたいといっていました。道はまだ決めていないけれど、世のためひとのためになって、人間も植物も幸せになれるような、そんな研究ができる仕事を見つけられればいいな、と夢見ていました。

悟郎さんはよく彼女に草の名や花の名を教わったもので、年を重ねた今も、彼女の、少しハスキーで、ささやくようなうたうような声とともに、たくさんの植物の名前を思い出すのです。

友達——というよりも、もしかしたら、二人ともその先の付き合いを望んでいたのかも知れません。少なくとも、悟郎さんの方はそうでした。口には出さないまでも、自分も植物の研究の方に進もうかな、と考え始めるくらいには、彼女のことが好きでした。

まだ十代と若く、何も知らなかったけれど、このままこのひとと結婚し同じ家に住むようになるのかな、と当たり前に考えてもいました。

彼女の方はどうだったのか――。

いまとなってはわかりません。

大学二年の夏に、故郷の南九州に帰ったあと、急な事故で亡くなって、大学へは帰ってこなかったからです。ただの友人である悟郎さんには何の知らせもなく、彼もまた関東のはずれの故郷の町に帰省していたので、日が経ってから、久しぶりに訪れたジャズ喫茶で店長さんから話を聞きました。つまりは、悟郎さんは梨々可の通夜にも告別式にも立ち会えず――彼女の亡骸《なきがら》は見ないままに、永遠の別れをすることになってしまったのでした。

とても哀しかったのに、その感情が他人事のように思えるほどに、表出するタイミングを逃したまま、彼女のいない世界で時は過ぎてゆき――やがて彼は、医師――研究者への道を選び、その後、自他共に認める幸せな人生を辿りました。

研究者になったのは、それが世のためひとのためになる仕事の一つだと思ったからでした。

梨々可が、生前、将来そういう仕事に就けたら良いねえ、といっていましたから。どこかで彼女の遺志を受け継ぐような、遺言を守るような思いがあったのかも知れません。

植物の研究の道へは進みませんでした。植物が好きではあり、見ていれば彼女を思い出して懐かしくはありましたが――同時にひどく切なく、悲しくもなりましたから。

梨々可は、悟郎さんと同じで、いやもっと深く、強く、人間が好きなひとでした。そういいながらも、彼女も何しろ、悟郎さんと同じように、人付き合いが得手ではなく、うつむきがちな人間ではあったのでした。

「花や木になれたらいいのにね」

彼女はいつかいっていました。

店でふたりきりになったときに、ゆっくりとお皿を洗いながら。麻のエプロンがよく似合っていました。

サティがけだるげに鳴っていました。

半地下の店の、明かり取りの窓から差す光を見上げるようにして、彼女はいいました。

「人間の仲間に入れて貰わなくても良いんだよね。大きな木や、足下に咲く花になって、そっとひとの暮らしを見ていたいんだ。

で、悲しそうなひとがいたら、慰めてあげるために、良い香りの花を咲かせたり、幸せそうなひとがいたら、良かったね、って、そっと葉っぱを揺らしたりするの」

明かり取りの窓からは、外の道を歩くひとびとの足が見えていました。

足の持ち主たちは、悟郎さんと彼女がここにいて、こんな優しい会話をしていることを知らないんだな、と、悟郎さんは思いました。

「あ、でも――」

彼女はお皿を拭きながら、声を上げました。

「植物になっちゃったら、地面に根っこをはやさないといけないから、どこにも旅行に行けなくなっちゃうね。それは困るなあ」

人間が好きな彼女は、誰かと出会うことも好きでした。アルバイトでお金が貯まると、ふらりとひとりで海外に出かけてゆき、たくさんの思い出と新しい友人を作って帰ってくるのでした。

会話が苦手なのに、外国でひとりきりで大丈夫なのかと問うと、

「話さないとご飯も食べられない、どこへも行けない、宿に泊まれない、というところまで自分を追い込めば、けっこうなんとかなるよ」

と、得意そうに胸を張っていっていたものです。

いろんな国に旅をして、その国の植物たちに挨拶するのが好きだともいっていました。カメラの中には、現地の風景や出会ったひとたちの写真とともに、知らない国の鮮やかな草花や、見上げるほどに大きな木たちの写真があふれるほどにありました。

その中には、悟郎さんが聞いたこともないような小さな国や、知らない海や砂漠、島や山奥の写真もありました。それぞれの場所で、見知らぬ花々は宝石のように咲き誇り、名も知らぬ木々は、不思議な形の葉を開き、絵のような樹形で大地の上に枝を伸ばしているのでした。

「ほんとうに植物が好きなんだね」

悟郎さんが嘆息すると、梨々可は笑って、

「子どもの頃から、いちばんの友達だったから。わたしがうまく話せなくても、歩くのや走るのが遅くておっちょこちょいでも、学校でひとりぼっちでも、『みんな』は何もいわないで、わたしの友達でいてくれるもの。

だからわたし、さみしい草花がいないか、訪ねていくの。友達が欲しい草花や木を探して。広い草原や荒れ地や、小さな島や、誰もいない砂漠の端っこで、ひとりぼっちの子はいないかって。

　草花は歩けないから、だからわたしが会いに行くの。いまはわたしは学生で、お金もないし、まだまだ行ける場所は限られているけれど、おとなになったら、もっと遠くに行きたいな。世界のどこかでみんなが待っているんだもの」

　彼女は夢見るようにいいました。


「どの国の植物たちも、人間が大好きなんだよ」

　梨々可は一度、そんなことをいったことがあります。あれは梅雨時の、重い雨が空から降り続く、そんな時期のことでした。いま思うと、彼女と二度と会えなくなった、大学二年の七月の、そのほんの少し前のやりとりでした。

　悟郎さんは、つい問い返したものです。

「だって、植物なんて、人間にはひどい目に遭わされるばかりなんじゃないの？　恨んだり怖がったりするならともかく、大好きなんてことはないと思うけどなあ」

　もし、植物に意思があるとしたら。

　けれど梨々可はさらりと答えたのです。少しはしゃいだ、とても嬉しそうな声で。

「あのね、みんなね、刈られても切られても、食べられたって、人間のことが大好きなんだって。遠い過去から、この先の、ずっと未来までね。手が掛かる我が子、とか、年下のきょうだい、小さな子どもたち、って風に思ってるみたいだよ」

「そんなこと、なんでわかるの？」

悟郎さんが尋ねると、梨々可は、

「だって、この耳で聞いたから」

自分の耳を指さしました。

肩までの長さの髪が、はずみで揺れて、かすかな音を立てたのを覚えています。

梨々可は、声を潜めて、いいました。

「――ここだけの話、わたしね、植物の言葉がわかるの」


「子どもの頃からね。そうだったの。なぜ聞こえるかはわからない。気がついたら、聞こえていたの。会話だってできたの。こんなひと、あまり他にはいないよね。だから――話せばきっと笑われるから、誰にも話してなかったの。悟郎さんにだけ、教えてあげたんだよ。わたしの秘密」

たぶんそれは、そんな馬鹿な、と誰でも思うような話だったのでしょう。下手な冗談か、十代が終わる頃の内向的な女の子が、そんな気分になってふと呟いてみた作り話だとか。

夢見がちな、友達が少ない女の子が、子どもの頃からいた空想上の友達のことを、大切な秘密を共有するような気持ちで、そっと、話してくれたとか。

どちらにせよ、きっと普通の学生なら、笑っておしまいにするか、相手を傷つけないために、あえてさらりと流してしまうような、そんな話だったのだろうと思います。

けれどあのとき、十九歳の悟郎さんは、梨々可のその言葉を一瞬信じたのです。

あのときも半地下のお店にふたりきりでした。夕方が近い時間だったと思います。雨がひどく降っていて、人通りは途絶え、明かり取りの窓の外には、川の流れのように、泥混じりの灰色の水が流れていました。まるで、店が水底に沈んでいるように。

静かに鳴っていたのは、何の曲だったでしょう。ピアノ曲が静かに流れていました。

明かりが落としてあって、薄暗い店の中で、彼女の目元だけが、青白く浮き上がって見えました。

「――なんてね」

低いしゃがれた声で、梨々可は笑いました。

「——そんなことがあったらいいなって、子どもの頃、よく想像してたって話」

「そっか。そうだよなあ。だと思ったよ」

つられたように笑う自分の声が、妙に白々しく、遠くで響くように聞こえたことを覚えています。

自分も梨々可もいま嘘をついている、と思ったことを覚えています。

梅雨のその頃に、もうひとつ思い出がありました。

同じ学部の友人たちとともに、良くある飲み会に出た帰り道のことです。

気乗りのしない、賑やかな焼き鳥屋での時間のあと、ふたりで二次会には行かずにその場を抜けました。友人たちからは、もう帰るのか、まだ早い時間なのに、といわれ、ついにはつきあってるのかとはやす声がかかったりもしましたが、悟郎さんは梨々可の背中を押しながら、ごめんごめんと繰り返して、相手にしませんでした。

少し飲み過ぎた梨々可が酔ってしゃっくりをくりかえしているのと、眠そうなのが心配でした。店を出てすぐに、雨が降り出してきました。天気予報ではそこまで降水確率が高くなかったので、悟郎さんは傘を持っていませんでした。でも梨々可が折りたたみの傘を持ってきていて、成り行きで、相合い傘をして帰ろう、ということになりました。

学校のそばの焼き鳥屋だったので、川沿いの道を十五分も歩けば、互いの家の近所に行き着くはずでした。

けれど、途中で梨々可が道に座り込んでしまい、引っ張っても立てないようだったので——悟郎さんは、自分もしゃがんで梨々可に背中を向け、おぶさるようにいいました。

梨々可がとまどい、恥ずかしがると、

「いいから背中で傘を差してくれよ。その方が効率的だろう？　濡れる面積が小さくなる」

梨々可は何事か小さな声でもじゃもじゃと口の中で文句をいっていたようですが、そのうち不器用に背中におぶさって、悟郎さんの首に両腕を回しました。

それは子猫のような、柔らかで小さく、軽いからだでした。女の子というのは、大学生になってもこんなに軽いものなのか、と悟郎さんは思ったものです。——それにしても。

「おんぶされるの、下手だねえ」

ゆすってやりながら立ち上がり、雨の夜道を歩き出しながら、悟郎さんは笑いました。

故郷の町には小さなきょうだいも、いとこたちもいたので、彼の方は自分より小さな者を背負うことになれていました。

たまに車が行き交う以外は、街灯の明かりしかない暗い夜道は、片側に大きな川が流れていて、柵はあるものの、足を滑らせたら真っ暗な水の中に落ちてしまいそうでした。

酔ってはいないつもりでしたが、背中に他人の命を預かっている以上、気をつけなくては、と、悟郎さんはひとり神妙な気分になってうなずいて、濡れた歩道に足を運びました。

「——おんぶって、あまりされたことない」

ぼそりと背中の梨々可がいいました。

「わたし、ひとりっ子だし——うちの村は、山の中の、小さな小さな村だから、背負ってくれるようなお兄さんやお姉さんはいなかったの。進学するときに、みんな街に出ちゃってたから。

いまのわたしみたいに」

山の草木がさみしがってるだろうから、そろそろ帰らなきゃ。――そんなことを、酔って眠そうな声で、梨々可はつぶやきました。

「『みんな』待ってるだろうから。わたしがいないと、『あの子たち』の声を聞く友達はいないもの。『みんな』は歩くことができないから。旅することも――」

傘にぽつぽつと雨が当たる音がずっと響いていて、彼女の吐息が耳たぶのあたりにかかりました。濡れた雨の匂いと一緒に、彼女の髪の匂いがして、背中に触れる酔った柔らかなからだのぬくもりとかすかに感じる心臓の鼓動が愛しくて、このままずっと背負っていたいような気がしました。

「このままずうっと、歩いて行きたいな」

つい、心に浮かんだままに、そう言葉にしていってしまったのは、つまりは彼もあのとき、酔っていたのでしょう。

わたしも、と、小さな声がささやいたような気がしました。

そのまま、酔いに紛れながら、いつもよりも少しだけ親密な気持ちで、なかばじゃれ合うような会話を続けているうちに、ふと、梨々可が、甘えるような声でいいました。

「こんな風に、ずっと一緒に旅していたいね。……遠い遠いところまで、ふたりで冒険の旅をするの。海の彼方や空の下で、たくさんのひとや植物とあって、みんなと友達になるの」

「そうだね。楽しいだろうね」

「いつか、一緒に旅に出よう。約束してくれる？」

「いいよ」

やがて、彼女の住むアパートの前についたとき、梨々可はもぞもぞと悟郎さんの背中から下りました。傘を折りたたみ、自分も濡れながら、ひょこんと頭を下げました。

「——あの、ありがとうございました」

悟郎さんが、突然の敬語にとまどって笑うと、梨々可は恥ずかしそうに、

「おやすみなさい」

と呟き、小さく手を振って、部屋のある二階への階段を上がって行きましたが、途中で、ぱあっと駆け戻ってきました。

悟郎さんの雨に濡れた右手をとると、小指に自分の小指をそっと絡めて、振りました。

離しながら、へへ、と笑って、

「約束」といいました。「さっきの。忘れないでね」

酔っていたせいもあって、とっさに、それがなんなのか思い出せませんでした。彼が曖昧に笑うと、梨々可はもう、というように唇を尖らせてから、もう一度、「おやすみなさい」と怒ったようにいい、背中を向けて階段を駆け上がってゆき、慌ただしく部屋の扉を開けて、姿を消しました。

と思ったら、何かを持って戻ってきて、それを無言で悟郎さんに押しつけました。赤いチェック模様の女物の傘でした。

悟郎さんが小さな傘を受け取って、

「ありがとう。明日返すね。お店に持ってゆく」

お礼をいうと、梨々可は風のように身を翻して、階段を駆け上がり、また部屋に戻っていきました。ばたんと部屋の扉が閉まって、それきり戻って来ませんでした。

「なんだよ、もう」

悟郎さんは肩をすくめ、赤いチェックの傘を差しました。

梨々可のアパートに背を向けて、歩き始め、しばらく歩いてから、彼女のいう「約束」が何のことなのか、思い当たりました。

「——ふたりで一緒に冒険の旅、か」

かわいいなあ、なんて思いながら、くすくすと笑い、そして悟郎さんは、赤い傘を差しながら、家路を辿ったのでした。

酔った上での、他愛のない約束だと思っていました。まさか本気でそんな約束なんてしないだろうとも思いましたし、翌朝になってアパートの部屋の布団の中で、カーテンの隙間から降りそそぐお日様の光を浴びたとき、彼は、昨夜の自分の行動と会話のすべてが照れくさくて恥ずかしくて、両手で顔を叩き、変な声を上げてしまったのでした。

その日の夕方、悟郎さんは赤いチェックの傘をなるべく乾かして、できるだけ綺麗に畳んで、梨々可のいるジャズ喫茶に届けに行きました。

気まずくて、彼女と顔を合わせる自信がなかったのでしたが、梨々可の方はけろっとしたように、普通の表情で傘を受け取りました。

「ゆうべはありがとう」

さらっと笑顔でいわれました。いつものよく似合うエプロン姿で。

「ゆうべは、って、あの――」

悟郎さんがもごもごと口ごもっても、梨々可は何事もなかったかのように、カウンターの向こうで、良い香りのコーヒーをサイフォンでたてています。

店のステレオは、ジャズアレンジされた映画音楽を――そうあのときはサウンド・オブ・ミュージックのドレミの歌あたりを、明るく楽しげに奏でていました。

(忘れちゃったのかな?)

悟郎さんは思いました。

酔った夜に交わした会話と、その中で結んだ、どこか子どもっぽい約束だもの、忘れたとしても仕方がない――というか、それが当たり前だ、と思いました。

なので、悟郎さんもそれきり、その夜のことを、梅雨の夜にあった出来事を話題にはしませんでした。そう、酔った上での出来事だから、梨々可が恥ずかしくなって、忘れたいと考えている可能性だってあると思ったのです。

その想像が当たったように、梨々可の方からも、あの夜のことを話題にすることは、ついぞありませんでした。最後まで――永遠のお別れになってしまうまで、一度も。

ただ、悟郎さんは覚えていました。ずっと、忘れられませんでした。右手の小指に絡んだ、彼女の熱く小さな指の感触を。その思いがけない強い力を。

あれから長いときが流れて、自分があの夜、彼女と約束をしたということと、その内容を忘れてしまっていても、あの小指の感触は、忘れずに覚えていました。


昔、人間と植物が好きな、さみしがり屋の女の子と友達だったということも、彼女と話したあれやこれやの会話も、時が過ぎるとともに、物語の中の出来事だったように思えるようになっていました。

なかでもいちばん物語じみていると悟郎さんが思っているのは、ジャズ喫茶の店長さんから聞いた、梨々可の遺体がみつかったときの話でした。

あの日、七月の午後、故郷に帰っていた彼女は、いつものようにふらりと近所の山にひとりで散歩に行ったらしいのです。それは彼女が小さい頃からの習慣で、彼女はそんな風に山の草木や花々と「語らう」時間を過ごしていたらしいのです。

ひとりであんなところに、というような高い山の上にいたり、川の上流に佇んでいても、彼女の姿を見かけた村のひとびとは、誰も気にとめなかったとか。

けれど、その日、梨々可は山から帰ってきませんでした。

幼い頃から慣れていた山道だということにも、草木が友達の彼女には、知り合いに守られているような気持ちだったということにも、たぶん彼女自身が安心しきっていたのだろうと悟郎さんは思います。

その日、彼女は切り立った高い崖の上から、一輪の見事な百合の花を手にしたまま、はるか下を流れる川に落ちました。草に覆われた濡れた地面に、足を滑らせたあとが残っていたそうです。その前夜、激しい雨が降って、あたりの土はぬかるんでいました。梨々可は裸足にサンダルを履いていて、それも良くなかったのでしょう。

あたりには、綺麗な百合の花がいくつも咲き誇っていたそうです。ひときわ綺麗な花に彼女は手を伸ばし、バランスを崩して、落ちたのではないかという話でした。

それは不幸にして、山のとても高い場所での出来事で、川の流れは速く、水深は浅く。おそらくは落ちてすぐに意識をなくし、亡くなったろうと、悟郎さんは、目を赤くした店長さんに聞きました。

告別式に出席してきたという店長さんは、棺に納められた彼女の亡骸を見てきたと話してくれました。色とりどりの山の花々に包まれた彼女は目を閉じて眠っているようで、田舎の質素な斎場にも、まるでお花屋さんのように、たくさんの花が。それがきっかけで命を失うことになったほど、大好きだった花々に囲まれ、包まれた彼女は、どこか幸せそうで、安らかに眠っているようだったそうです。

「そのときに不思議だったのは――」

店長さんは、ひとりきりになったカウンターの中で、視線を落としたまま、皿を洗いながら、ぽつぽつとその日のことを話してくれました。

「植物がね、斎場に飾られた花たちが、みんな泣いているように見えたんです。――悲しんで、喪に服しているように。……まあ、あの日わたしはとてもセンシティブになっていたから、勝手な思い込みだったんだとは思うんですけどね。ろくに寝ないで移動した、故郷までの長旅と、突然の不幸で憔悴《しょうすい》しきってもいましたし。

でも、思い出したんです。梨々可が、ときどき店に飾られた花たちに友達みたいに話しかけていたな、なんてことを。そのとき、草木の方も楽しげに見えたなあ、なんてことを。あの子は、植物のお友達みたいな子だった。植物も彼女を好いていたんだろうなあ、と。

だから、そのあと焼き場で、本家のひとたちが話していた話も信じたんです。

ああそういうこともあるだろう、って。

——何を、って？

梨々可が落ちていった崖の草木がね、いろんな雑草や木の枝が、まるで落ちてゆく梨々可を助けようとしたかのように、川の方に向かって葉や枝を伸ばし、千切れてたんだそうです。梨々可が見つかったのも、ほんとうならもっと下流に流れてゆくはずのところを、川沿いの木々の枝に、ありえない角度で着ていた服がひっかかっていたからだそうで。木が自分の意思で枝を伸ばして、流れてゆく梨々可をすくいあげようとでも思わない限り、ありえない状態だったそうです」

店長さんは、うなだれて、深く息を吐きました。

「馬鹿な話だって思いますか？　大昔の、それこそ民話や神話に出てきそうな話ですよね。現代日本の話じゃない。——信じてくれるんですか？　ありがとう。変わった子でしたよねえ。どこか人間離れした、妖精みたいな女の子だった。

泣かないでくださいよ。そうか、お客さん、梨々可をそんなに好いてらっしゃったんですね。……まあ、うすうすわたしにはわかってましたけどね。梨々可もたぶん、お客さんのこと、好きだったんです。

そんなこと――片思いじゃなかったんだよ、なんてこと、あの子に教えてあげたかったなあ。教えてあげたかった……」


梨々可の故郷――南九州の山里を、一度は訪ねてみたいと思っていました。せめて墓前に彼女が大好きだった花をたくさん供えたいと。

その秋、悟郎さんはしばらくからだも心も病んでしまい、大学に行けなくなりました。田舎の両親は彼を案じて、しばらく休みなさいといってくれ、彼は子どものようにその言葉に甘えて、大学を休み、ただ通院の日々を送ったのでした。

少しずつ良くなってきた頃、周囲の人々に、旅行を勧められました。気分転換もいいような気がして、そうしよう、それならどこへ行く、と考えたとき――そうだ、梨々可の故郷を訪ねてみよう、と思ったのです。

けれど不思議と足が――いや、旅行する方向に頭が働きませんでした。気が重く、からだが重くなって、旅行の手はずが整えられないのです。ついには、旅行のことを考えるだけで、手足が痛くなり、指先が震えるようになりました。

からだのどこか思わぬ部分が悪くなったものかと、悟郎さんはカウンセリングの日に、心療内科の先生に尋ねました。

「どこも悪くないと思いますよ」

その病院で、できる範囲の簡単な健康診断をし、念のためにと血液検査までしながらも、先生はそういいました。

「でも、指が震えるんです。とても痛むんです」

悟郎さんが言い募ると、医師はいいました。

「あなたは、その村へ行きたくないんですよ。だから、指が嫌がっているんです」

「そんなことはないです。だってぼくは、友人の墓参りに行かなくては……」

「なぜですか？」

「――だって、仲が良い友人が、亡くなったんですから。でもぼくは、お通夜にも告別式にも行けなかったから、だからせめて……」

きちんと、お別れを。

そういいたくて、その言葉が、音になりませんでした。喉がきゅっとしまって、ひゅうひゅう喉が鳴るだけです。

悟郎さんが焦りながら、喉に手を当てて首を捻《ひね》っていたら、医師がいいました。

「無理はしなくても良いんですよ。おそらくあなたはまだ、その方のお墓へは行きたくないんです。――なぜって、もし墓標の前に立てば、その亡くなった方の死が現実のことだと認めなければいけなくなるからです」

「そんな――」

そう答えようとして、でもたしかに、そうなのかも知れない、と思いました。

真実をいいあてた言葉は、時として鍵穴に鍵がぴたりとあうように、それと知れるもので、そのときの悟郎さんはまさにそうだったのです。

医師は静かに言葉を付け加えました。

「もしそれが辛いならば、今はその方の死を認めなくても良いんですよ。悲しい現実を、頭が理解して知っているのなら、心はそれを否定してもいい。

現実とは自分の心が作るものです。世界の姿は自分が作るもの。辛いときは、無理に辛い方を向かなくていい。扉を閉ざしていてもいいんです。あなたがいつか、真実を受け入れられると思えたときに、自然に足がそちらへ向くでしょう。そのときで、いいんですよ」

結局、心の扉は、閉ざされたままになりました。

梨々可の故郷の村は、いまでいう限界集落、もともと人口が減っていたところへ、以前から話があったという事業が成立し、村は小さなダムを造るために水底に沈むことになったのです。

それは悟郎さんが大学のあった遠い街を離れ、もう風早の大学病院に勤め始めてから知ったことでした。その街に用事があり、久しぶりにふらりと訪ねたジャズ喫茶で、すっかり年老いた店長さんから、その話を聞いたのです。

村の墓所にあった遺骨は、どこかの街の納骨堂にまとめて移されたらしい、と、店長さんに聞きましたが、街の名前を聞きそびれました。次にその店を訪ねようとしたときには、店はもう閉店していて、店長さんはどこに行ったものやら、行方は知れず——それきりになってしまったのでした。

そんな出来事すらも、もうずっとずっと前のことになってしまいました。

梨々可がいた日々は、切り取られたように手の届かない、過去のことになってしまい、大学時代の友人たちと会う機会もなくなった今では、彼女のことを思い出そうとしても、夢の中のことのように思えるときすらあるのでした。

気がつくと、すっかり暗くなった街角を、物思いにふけりながら歩いていると、悟郎さんは、見知らぬ路地に突き当たりました。

もう長いことこの街で暮らしていて、この商店街も数え切れないほどたくさん歩いていたのに、知らない路地だと思いました。

どっぷりと闇が立ち込めていて、光が見えませんでした。——いくら端の方とはいえ、この商店街に、こんな暗い場所があろうとは思いませんでした。いったいどこへ抜けていく道なのか、はたまた行き止まりなのか。

七月なのに、ふと背中が寒くなりました。後ずさりしたいような、すぐに街の明るい方へときびすを返したいような。けれど、そう思ったときには、時すでに遅く、足をさらに暗い路地の方へと踏み出していました。

ああ、やめておこうと思ってもすぐに引き返せるほど、自分はもう若くはないのだな、と、悟郎さんは思いました。

歩いてゆくうちに、深い闇に呑み込まれるような、たとえばジェットコースターの高いところから滑り降りてゆくときのような、恐怖を感じました。

けれど、息をつき、あたりをゆっくりと見回してみると——そこは、たしかに薄暗くはあるものの、別にお化け屋敷でも見知らぬ異世界でもない、ただ、時の流れから忘れ去られたような、古めかしい路地なのでした。

今では滅多に見なくなった、古い板塀や、電信柱、夜空をよこぎる電線に、昔風の街灯が、どこか子どもの頃の心に戻るような、郷愁を誘います。

夜風が電線を揺らし、ひゅうひゅうと心細い音をたてます。その高い音色に、悟郎さんは、子どもの頃、夜にひとりきりで外にいたときの心細さや、このまま家に帰らずに、地の果てまで歩き続けたらどうなるだろう、なんて想像して、胸の奥で未知の世界への憧れにうずく気持ちがあったのを思い出したりしたのでした。

（そうだ。どこまでも遠くへ行きたかったんだ）

夜空を大きな翼の鳥のように渡ってゆく雲のあとを追って、どこまでも旅をして、そこにどんな大地があり、ひとが暮らしているのか、どんな冒険があるのか、知りたいと夢見ていました。

（だから――）

もし、梨々可が誘うなら、来て欲しいといってくれれば、自分もその手をとり、ともに旅だっても良かったのだ、と思いました。

（けれどもう――）

梨々可が自分の前に現れることはありません。あの子は十九歳のままその人生の時を止め、一方悟郎さんは、あれから長い年月を生き、おとなになり、妻も子どももいて、からだには贅肉もつき、髪は白くなり、心臓は弱り――。あの日のままなのは、右手の小指のほくろくらいで。

（引き返せないんだよな）

うつむいて、ため息をつきました。

今の自分の生活は、決して不幸ではないけれど、もしいま目の前に魔法使いが現れて、時を巻き戻してやろうか、といわれれば、それを願うかも知れない、と思いました。

右手の小指に残る、あの子の小指の感触と、思ったより強かった、細い指の力と。

もう一度だけ、話せたら、と思いました。

見知らぬ路地は、いよいよ暗く、先がどこへ続いてゆくのか、見通せませんでした。

(歩いて行くうちに、どこかひらけた、知っているところに抜けるかと思っていたんだけどなあ)

歩いても歩いても、どこか懐かしい情景が続くばかりです。昭和の街角だと思いました。子ども時代の日本を思わせるような、知っている風景。誰かの記憶の中にある遠い街を、ずるずると引きずり出してきて、立体化してそこに置いたような。

(変だなあ。このあたりの商店街なら、これだけ歩けば、どこか知っているところに出るはずなのに)

悟郎さんは、路地を歩き続けました。

いつの間にか、道の左右、続いている木の塀や、古いビルの上の空に、いくつもの鳥居の影が見えていました。遠く近くに、いろんな大きさと素材でできた鳥居が並んでいるのです。暗くてはっきりとはわからないのですが、かなり古いものもあるようでした。

(こんなところに鳥居なんてあったかなあ)

鳥居といえば、この辺なら、風早三郎神社のものになるのでしょうけれど、あの神社の鳥居は、そのほとんどが昔の空襲で焼けて倒れたと、誰かに聞いたような記憶があります。――ありましたが……。

(記憶違いだったかな)

悟郎さんは首をかしげました。

だってあんなにたくさん、地上に鳥居が並んでいるではないですか。

湿った夜風に乗って、どこからか、ふと、線香の香りがしました。


その路地の暗さを恐れながら、明るい方へ帰ろうとしなかったのは、心のどこかで、遠いどこかへの冒険を求めていたからかも知れません。自分の心の中の恐怖心にあえて目を背け、気持ちを奮い立たせるようにしながら、前に進もうとした――そんな気がしました。

自分でわかっていました。年齢にそぐわない、やけになる気持ちや無鉄砲な思いも、いくらかはあったのだということを。

薄闇の中を、どれほど長く歩いたでしょうか。気がつくと、路地の先の低いところに、夕陽のような色の灯りが、湿った路地を照らして光っているのに気づきました。灯籠のようなその灯りには、稲穂のマークと、「コンビニたそがれ堂」という名前がありました。

まさかと思って、おぼつかない足取りで近づいて、身をかがめ、よくよく見つめても、やはりマークも文字も聞いたとおりにその店のもので。

悟郎さんは、深く、震えるようなため息をついた後、誰かの視線を感じたような気がして、ゆっくりと顔を上げました。

そこに、光がありました。

白い壁に朱色の柱のコンビニが、いつの間にかそこにあり、ガラスの窓と扉から、あたりに柔らかな光を放っているのでした。

夢の中への扉を開けて、そこに自ら迷い込むような気持ちで、悟郎さんは、恐る恐る、ガラスの扉を開きました。

カウンターの中には、長い黒髪の着物姿の少女がいて、赤い糸を両手で操るようにして遊んでいました。――あやとりです。青い着物の上にかけた生成《きな》りのエプロンと白い指に、あやとりの赤い糸はくっきりと映え、とても美しく――まるで魔法の技のように見えました。

悟郎さんには、妹もいましたし、女の子のいとこや幼なじみがいたので、懐かしく思いました。少女は器用にくるくると赤い糸で流れ星や梯子を作り、悟郎さんが佇んでいることに気がつくと、琥珀《こはく》色の目でひとつまばたきをしました。赤い糸をくるくるるひょいと手の中にまとめると、

「いらっしゃいませ、お客様。

何を迷っていらっしゃったんですか？」

どこかからかうような口調で、悟郎さんに向き直って、薄桃色の唇で笑いました。

「わたしはねここ。店長である風早三郎が不在の折は、店を任されている、この店唯一の従業員でございます」

不思議なことに、カウンターの上に置いた白い両手の、どこにももう、あやとりの赤い糸はありませんでした。

さらに不思議なことには、彼女の身にまとう青い着物に描かれた、長いひれの金魚たちの模様と水草は、彼女の動きにつれて、ゆらゆらと揺らぐのでした。まるで着物の中に、水が流れ、金魚が泳いでいるかのように。

それはたぶん、子どもの頃に外国の民話で読んだように、魔法で織られ、作られた着物で――思えば、神様が経営するというこのコンビニで、そのひとの不在の折は任されるというのなら、この少女も神々の眷属《けんぞく》か、はたまた魔物か、いずれにせよ、ただの人間ではないのでしょう。

その証拠のように、少女の琥珀色の瞳は、時折、金色の光を放ち、小さな唇からは、糸切り歯というよりも、牙と呼んだ方がふさわしいような白く尖った歯がのぞくのでした。

「ええと――」

悟郎さんは、何だか夢を見ているような心持ちのまま、店の中を見回しました。

「すみません、あの、こちらのお店って――」

「『コンビニたそがれ堂』ですよ。あら、ご存じで訪ねてらしたのではなくて？」

少女は怪しげにくすくすと笑います。

「そのつもりではいたのですが、まさか、ほんとうにたどりつけるとは思っていなくて……」

少女は肩をすくめました。

「まあみんな、そんな風におっしゃいますね。でも、夢でも幻でもなく、ここがコンビニたそがれ堂。不思議と奇跡と魔法が手に入るお店です。――そしてここにたどりついたということは、お客様、何か心の底からほしいものか、探しているものがおありなんでしょ？」


そんなものがあったろうか、と思いました。

いや、何もないはずでした。――あるとしたら、そうです、随筆のネタくらいのものので。

でもそんなもの、コンビニの棚に並んでいるものでしょうか。

どんなかたちで？

どんなふうに？

それとももっと、一目見た途端に、ああ自分は実はひそかに、これを求めていたんだ、と気づくような物があるのでしょうか。

悟郎さんが心の底から探していたけれど、気づかなかったような物が。

「――わたしは、特に何も」

悟郎さんは、口ごもりながら、同時に、店内の棚のあちこちに視線を走らせていました。胸の奥では、たぶん彼の中にいまも生きている、冒険が好きな少年の心とまなざしが蘇り、抑えきれないほどに、胸をときめかせていました。

そう、魔法のコンビニにはきっと、彼を待っていてくれる、運命の品物があるのです。

彼がこのコンビニにたどりつくその日を待ちわび、彼に探し出されるそのときのために用意された、世界で一つの宝物が、きっと、どこかの棚に――。

（ああ、魔法の始まりだ――）

悟郎さんは、一歩また一歩と、棚に近づきました。眼鏡の度が合わなくなっていたことに焦りを感じました。額には汗を感じます。

店内の空気は、まるで田舎の夏の夜の涼しさのように、ひんやりと心地よく、どこからか虫たちの声も響いてきました。

そう。子どもの頃から憧れていました。漫画の主人公のように、童話や児童文学の主人公のように、成長してから手にしてページをめくった、海外のSFや幻想小説のように、ふいに現実世界から切り離され、夢と魔法の世界に足を踏み込むことができる――そんな魔法の始まりが、自分にもいつか訪れないだろうか、と。

少しずつ成長し、おとなになっていくうちに、いつしか、そんな憧れや夢見る心を忘れ去っていましたけれど。そんな夢を見た日々があったということを、忘れてしまうほどに。

なぜって、いつまでも夢見ていられるほど、おとなには時間がないからです。魔法の世界への扉を探すよりも、研究を積み重ねたり、たくさんの文献を読んだり、論文を書いて海外の雑誌に投稿したり、たまには会議や、おとな同士の人間関係を築くために、お酒を飲んだり食べることに時間を費やしたり、そんなことに忙しいからです。一日は二十四時間しかないのですから。

ゆっくりと店内を歩くうちに、ふと、目にとまったのは、子ども向けの雑貨のコーナーらしき場所にある、小さな四角い、褪《あ》せた深緑色の紙の箱でした。

何の鳥なのでしょう、白いラベルに一羽の小鳥と、そして枝を編んで作った鳥の巣が、繊細なインクの線で描いてありました。昔の細密画風です。

古めかしいデザインの文字で、

『夢の卵』

と、書いてありました。

「──夢の卵？」

何気なく手にして、持ち上げたはずが、気がつくととても気になってしまい、もう棚に戻せなくなっていました。

左のてのひらにのせたその箱は、なぜかほの温かく、まるで生きているようでした。

それだけでなく、てのひらにたしかに、生きものの命の鼓動を感じたのです。

「──これはいったい？」

悟郎さんが聞くともなしにそう言葉にすると、あの店員の少女が、するりとカウンターから出てきて、首をかしげるようにして、悟郎さんのてのひらの小さな箱を見ました。

「ああ、その箱ですね。夢が孵化《ふか》しますよ」

「夢が？」

少女はにこりと笑いました。

「それがいいことかどうかは——ひとによって、考え方が違うでしょうけれどね。夢って、少しだけ怖いものだもの。でしょう？」

なぜかはわかりません。けれど、その一言を聞いたとき、なんともいえず胸の奥がずん、と重たくなりました。たとえるならそれは、いつのまにか背中に見知らぬ大きな魔物がいて、うしろから尖った爪を持つ両手の指で肩をつかまれてしまったような——そんな思いがけない、でもどこかその存在に自分が気づいていたと知っていたような、恐怖でした。

「——ね、お客さん。それでも、あなたは、その箱が好き？　ずいぶん気になるようだけど」

「この卵は、どんな風に育てるんですか？」

悟郎さんは、彼女と目を合わせずに、聞きました。

「たしか箱の中に、説明書が入ってるはずよ」

少女が答えました。

悟郎さんは、てのひらの箱を見つめながら、自分の速くなる鼓動の音を聞いていました。

心臓が痛み、引き攣って、いまにも止まってしまいそうな、そんな幻覚を感じながら。

「わたしは――」

答える自分の声が、夢の中で聞こえる声のようで、同時にその選択は、はっきりと清明な意志で選んだ答えだと理解していました。

「――こちらをいただいて帰ります」

そう、と、少女はうなずきました。

「あの、おいくらでしょうか?」

「五円で良いわ」

少女はレジに立ち、悟郎さんの手から、五円玉一枚と小さな箱を受け取り、箱を薄い紙でできた袋に入れて、カウンター越しに、悟郎さんに渡しました。

「お買い上げ、ありがとうございます」

丁寧に頭を下げました。

「あ、こちらこそ」

悟郎さんも頭を下げると、少女はくすりと笑い、そして、静かにいいました。

「お客さんにいっておきたいことがあるの。――まあ、ここを出たら忘れちゃってもいいんだけど、聞くだけ聞いて帰ってね。でないとわたしも、寝覚めが悪いから」

紙の袋を抱くように手にしたまま、悟郎さんは、半身を少女の方に向けました。

「夢ってね、ひとを幸せにするとは限らないの。現実の方が、ずっと――ずっと優しいことだって、人間の世界にはきっとたくさんある。孵《かえ》らなかった夢は、小鳥ではなく、異形の何かに変化しているかも知れない。

それでもあなたは、その卵を孵すの？」

不思議な、謎めいた言葉だと思いました。

まるで謎解きをしかけられているような。でなければ、遠い昔の外国の詩のような。

日本語に翻訳するための、大切な単語の意味がとれない、そんな気持ちになりました。

けれど、悟郎さんは、うなずきました。

この箱の中に何が巣くっているとしても、いま自分の腕の中にいる命を見捨てることはできない、と思いました。——もしかして、自分が育てなければ、見放せば死んでしまう命かも知れない。そう思うと、早く家に連れて帰りたい、それしか考えられませんでした。

(救えるものなら、救うんだ)

熱に浮かされたように、思っていました。

心のどこかで、十九歳の七月のことを思い出していました。あのとき、何度も思ったことを。——もしかして、自分は梨々可を救えたんじゃないか、ということを。

(もし——)

あの梅雨の夜、彼女をおぶって帰った雨の日に、互いに酔った状態のときにあんな風に話すのではなく、もっとしらふの時に、きちんと思いを伝えられていたら。

そうしたら梨々可は、もしかしたら、七月に故郷に帰らなかったかも知れない。

あるいは——もしかしたら、二人はもっと親密な関係になっていて、話の流れで、悟郎さんは梨々可の故郷への旅に同行していたかも。近所の山への散歩には、ふたりで出かけたかも。

そうしたら、もしかして、梨々可が危ない場所にある見事な百合に手を伸ばそうとしても、自分がかわりに百合を摘んであげられたかも知れないですし、無理そうだったら、その百合を諦めるように、説得だってできたかも知れません。

あの頃、何回も何回も後悔し、何回も――自分を責めたのでした。

自分には何もできなかったことを。

地の果てまでだっておぶって行きたかった、大好きだった女の子を、守れなかったことを。

(だから、せめて――)

いまこの手の中の箱の中にあるという夢の卵なるものは、守ってあげたいと思いました。

(どんな形のものなのか、まるでわかりはしないけれど――)

卵、というからには生きものなのでしょう。

孵る、というからには、いずれ生まれてくるのでしょう。

こうして紙の箱と、包装された袋越しにでも、あたたかな体温と鼓動を感じさせる何かなのですから。

悟郎さんは、店員に見送られ、コンビニたそがれ堂を出ました。

店の扉まで送ってくれた彼女が、夜風に長い髪を揺らしながら、いいました。

「あのね、お客さん。最後にもうひとつ。

ひとには——猫や魔物にもね、仕方のないことというものはあるの。助けてあげたくても、なんとかしたくても、どうしても救えないものもある。自らの命をかけても、力が及ばないことだってある。そんなときはね、あまり後悔してはだめなの。誰もそんなこと、望んでやしないからよ。

自分を許してあげなさい。でないと、不幸になるか——魔物になってしまうから」

琥珀色の瞳が、ふと寂しげな薄金色の光を放ち、悟郎さんを優しく見つめました。

悟郎さんは自分の家の玄関のドアの鍵を開け、家に入りました。

「ただいま」と声をかけないのは、元の仕事が忙しかった頃、帰りが遅くなるのが普通だったからでした。幼い娘を起こさないため、また、帰宅が何時になるかわからないので、頼んで先に寝てもらっている妻にも気を遣わせないために、悟郎さんには静かに帰宅する癖がついていたのです。

それでもいつも、悟郎さんのための美味しい夜食は用意されていましたし、愛娘から、めったに会えないパパへの手紙が残されていることもありました。

慣れ親しんだ玄関の匂いに包まれて、悟郎さんは短くため息をつき、深呼吸しました。古い柱時計が時を刻む音が聞こえます。――自分は不思議な世界に行って、帰ってきたんだなあ、と、しみじみと思いました。

あれが夢でなかった証拠のように、夏の上着のポケットには、たそがれ堂で買った小さな緑色の箱が入っています。布地の上からふれても、そのあたたかく硬い感触がわかりました。

二階の書斎に上がる前に、居間の方を見ると、妻と娘が、ソファに腰をおろし、飲み物を飲み、大いに盛り上がって話しながら、テレビを大音量で楽しそうに見ています。

いまふたりがはまっている、海外のミステリドラマのようでした。画面とおしゃべりに夢中になっているあまり、悟郎さんが帰宅したことには気づいていないようです。ふたりとも寝間着に着替えているところを見ると、風呂はすませたのでしょう。

老いたダックスフントのジャックが、寝そべっていた床から、首だけ振り返ってこちらを見ました。ぱたぱたとしっぽを振って、立ち上がろうとするのに、悟郎さんは微笑み、てのひらでそっと、そのまま、と犬を押しとどめ、足音を忍ばせて、その場から立ち去りました。

声をかければ、ふたりとも振り返ってくれるだろうとわかっていました。

「たそがれ堂へ行ったよ」

なんて話をすれば、ふたりともテレビの画面に背を向けて、身を乗り出して、悟郎さんの小さな冒険の物語に耳を傾けてくれたに違いないのです。

何しろ行った先は、かのコンビニたそがれ堂なのですから。

けれど、それがわかっていたからこそ、声をかけそびれたところもありました。

（こっちの話は明日でもいいものな）

二人ともどんなに喜び、面白がって聞いてくれるだろう、と思いました。

そして悟郎さんは、いつものように、無意識に癖になっていたとおりに、足音を忍ばせて階段を上り、二階にある自分の書斎に向かいました。途中で、老犬ジャックがよろよろと後をついてきていることに気づき――彼には階段はもはや辛いので、悟郎さんはそっと彼を抱っこして、書斎の扉を開けたのでした。

階下から、テレビに夢中になっている母子が、ドラマの進展に合わせて、声を上げたりはしゃいだりしている声が聞こえます。

悟郎さんは少しだけ肩を竦《すく》めると、ジャックと目を合わせ、書斎に入りました。

書斎の扉をそっと自分と犬の後ろで閉めると、扉で音が遮られます。

慣れ親しんでいる本と紙、インクの静かな匂いが、悟郎さんを包み込みました。

部屋が暗くても月の光を浴びているように青白く明るいのは、熱帯魚を泳がせている大きな水槽が、二つばかりあるからでした。もう何代も子孫を育て続けているエンゼルフィッシュたちが、長いひれをなびかせて、水槽の中を泳いでいました。

たくさんの本が詰まった作り付けの本棚と、古い木枠のステレオセット。大きな窓とその前に置かれた机。

水槽の中には水草、本棚や机の上や、床の上——いたるところに、観葉植物。植物たちは、長い年月のうちに、ひとつまたひとつと増えていきました。心の奥の奥にあった、梨々可の思い出を懐かしむ気持ちがそうさせていたのかも知れません。といっても、梨々可のように植物と話すこともできず、緑の指も持たない悟郎さんのことです。最初のうちは何度も枯らし、失敗しましたが、勉強し研究を重ねるうちに、いまは植物を育てることが、特技の一つになっていました。

優しい緑に包まれた、それが、悟郎さんの書斎、隠れ家のような場所でした。

昔は、実家から持ってきた古い小さなピアノも置いていたのですが、それは奈名子が子どもの頃に譲り渡し、いまは彼女の部屋にあります。

「さて」

机の前に座り、たそがれ堂で買った、あの箱の入った袋を取り出しました。

小さな緑色の箱を出すと、老犬ジャックが、鼻をふんふんさせながら、近寄ってきました。

「ほーらジャック。魔法だぞう」

箱を愛犬の鼻先に持って行き、匂いを嗅がせてやりながら、ふと、自分はたそがれ堂で、奈名子のことを思い出さなかったな、と、思いました。

遠い日に、ひとり娘からその店の名を聞いたのに。その頃から、彼女がずっと、たそがれ堂に憧れていると知っていたのに。


悟郎さんは、緑色の箱を開けました。

中にはもうひとつの小さな箱と、折りたたまれた、知らない外国語で書かれた、『孵化のさせ方』の説明書が入っていました。知らない国の言葉とはいえ、知っている外国語の単語と語源が同じらしい単語もちらほら見えました。図も入っているので、なんとかなりそうだと思いました。

老犬ジャックは、机のそばに置かれた古いソファに、よいしょとよじ登り、顔を上げ、興味深げに悟郎さんのすることを見ていました。

「──なんだ、これは？」

箱の中の箱を開けた悟郎さんは、小さく声を上げました。ころんとてのひらに無造作に転がり出てきたのは、茶色くて楕円形の、見た目よりずっしりと重たい物。

それは小鳥の卵にも見えましたが、それよりも──。

「卵、というより、種に見えるな」

　茶色くてつやつやな、種だと思いました。

　それが卵でなく、種である証拠のように、説明書には、「それ」を水に沈めた泥の中に埋めるように書いてあるらしいのでした。

「――沈める？　そんなことしていいのかな、ほんとうに」

　悟郎さんはしばし迷い、何度も説明書を読み返してみてから、水草の育成用の器をいくつかと、植え替え用の土を、部屋の中にある物置からとりだしました。

「睡蓮を育てるときみたいな感じで良いのかな？」

　首をかしげながら、種を器の中の土に埋め、その鉢を水を満たしたガラスの器の中にそっと沈めて――。

　汚れた手を洗いに行こうかと、それに背を向けたときでした。

　犬が小さな声で鳴いたのです。

　悟郎さんに向かって。

　そして、なぜでしょう。部屋の中の植物たちがざわめいているような気配を――いままで一度も、そんなものを感じたことがなかったのに、肌で感じたのです。

何気なく器の方を振り返って、はっとしました。

「芽が――芽が、もう出ている」

いま置いたばかりの水盤の水の上に、みるみるうちに細い緑色の小さな芽がいくつもくるくると立ち上がり、丸いかたちに開いていきます。

蓮の仲間の葉だと思いました。

まるで早回しのフィルムを見ているかのようでした。

やがて、植物の真ん中から、細い花芽が一本立ち上がり、すくすくと上へと伸びていきました。

悟郎さんの胸の高さほどになったとき、花芽は上に伸びるのをやめました。

桃色の柔らかな花弁がひとつ、丸くなり、ふわふわとふくらんでゆき、みるみるうちに、こぶしほどの大きさになりました。

そして。

ぽん、とかすかな音を立てて、『夢の卵』は開花したのです。

開いてゆく、薄く柔らかな花の真ん中には、ちょうど絵本の『おやゆび姫』のように、肩までの長さの黒髪の小さな女の子がちんまりと座っていました。切れ長の澄んだ黒い瞳で、悟郎さんをじっと見上げました。

身にまとう服の代わりに、美しい光を放つ、蝶の羽を背中にはやしていました。

(ああ、アオスジアゲハだ)

ステンドグラスのような、黒と青緑色の模様の、あの蝶の羽だと思いました。

昔、大学の庭で、雨上がりの水たまりに集まる蝶を見たことがあります。たくさんの蝶が、水に群がり、その口から吸っていました。

宝石のような美しさでした。

あの蝶の名は、そのときに彼女に教えて貰ったのでした。綺麗だよね。故郷の村の山にたくさんいるんだよ、と。

並んで蝶を見ているうちに、ふと彼女が、空を指さしました。

『見て、虹が出てる』

「梨々可……」

悟郎さんは、花の上に座る、その小さなものの名前を呼びました。

美しい蝶の羽を持つそれは、懐かしい笑顔で、にっこりと笑いました。

そのとき、悟郎さんは悟りました。

これは――この小さく可憐な生きものは、梨々可であって、梨々可ではないものだ、と。もっというなら、この世界の存在であって、同時にそうでないものだ、と。

それはたぶん、遠い日にこの世界から失われた梨々可の魂のかけらと、悟郎さんの中にあった彼女の記憶と思い出に魔法が働いてできた、奇跡のような存在なのです。

この世界と過去と、神話や物語の世界に通じるような異界のはざまから生まれたような、不思議な生きもの。

愛しい魔物なのだと思いました。

時としてひとは、天啓のように一瞬で真実を悟ります。ましてや、本物の魔法が目の前で顕現したと知ったときには。悟郎さんにとっては、いまがそうでした。

悟郎さんは、花に向けてその身をかがめ、彼女にそっと微笑みかけました。

「そうか、帰ってきたのか。お帰りなさい」

自らが微笑んでいるのに気がつくと、頰に、あたたかな涙が流れていました。
悟郎さんは、肩を震わせ、声を殺して、すすり泣くように泣きました。
皺がめだつ色あせた両の手で、顔を覆って、笑いながら、静かに泣きました。
「ははは、とても嬉しいのに、なぜだろう、泣けるねえ」
そういいながら、自分でわかっていました。
自分は、とても泣きたかったのだ、と。
あの十九歳の七月の、梨々可との永遠の別れを知った、あの日から。

いま、自分を見守る、たくさんの優しいまなざしを感じていました。それはたぶん
――植物たちの視線だと悟郎さんは思いました。
彼がその手で慈しみ、育ててきた緑たちの、優しい視線が、音もなく打ち寄せる、
あたたかな波のように、この部屋に満ちていました。

魔物の小さな白い手が、悟郎さんの濡れた頰に触れました。老いた手に触れました。
悟郎さんが、その手を開くと、蝶の羽を持つ魔物は――妖精は、優しい表情で懐か

しそうに、悟郎さんの手に小さな手を重ね、滑らせて、右手の小指に触れました。小指の付け根のほくろに、白桃のような頰を寄せました。小さなからだのその胸元から、かすかな鼓動を感じました。

妖精の小さな小さな黒い瞳に、うっすらと涙が浮かんだように思いました。

桜色の唇が開き、かすかな声が聞こえたように思いました。懐かしい声でした。

『約束、おぼえてる？』

と。

うなずこうとした、まさにそのときでした。

いままで静かに様子を見守っていた老犬ジャックが、いきなり唸《うな》り声を上げて、妖精と悟郎さんの間に割り込んだのです。

老いた犬のそれとは思えないような、俊敏な動きでした。

「ジャック、やめなさい」

悟郎さんは妖精を守ろうとしました。

けれど、犬は恐ろしい勢いで、妖精に向かって吠えたのです。

妖精は、蝶の羽でふわりと羽ばたき、舞い上がりました。

鱗粉のような光が、部屋の中に散りました。

彼女の瞳には涙が溜まっていたので、もしかしたらそれは、彼女の涙だったのかも知れません。

「梨々可——」

その名を呼んだとき、妖精は微笑みました。

かすかに肩を竦めるその仕草は、懐かしいあの頃に何度も見たものでした。

学食で好物のパンが品切れしていたとき、楽しみにしていた映画の上映が、前の日に終わっていたと知ったとき、そして、ふたりでどこかに行く約束をしていたのに、悟郎さんの都合で行けなくなったとき——。

そんなときの、残念だけど、仕方ないね、と微笑んだ、あの笑顔でした。

妖精は大きく蝶の羽をひろげ、そしてどことも知れない空へと、羽ばたいてゆきました。

かすかな光の欠片《かけら》を部屋に残して、消えてしまったのです。

静かになった部屋で、悟郎さんは立ち尽くしました。
ひとりで行ってしまったのだな、と思いました。
気がつくと、右手の小指の感覚がなくなっていました。
老犬ジャックが鼻を鳴らして、悟郎さんにすり寄りました。
ああ、この指を持っていったのだな、と、思いました。
あの子はこの指が好きだったから。だから連れていったのだろう、と。
この犬がいなければ、魂丸ごと、連れていかれたのかも知れない、とも。
愛しくて、美しくて、懐かしい存在だったけれど、あれはたしかに魔物でした。
けれど——。
「でも、でもね……」
悟郎さんは犬のあたたかな頭をなでながら、呟きました。
妖精の消えたあたりを見上げながら。
新しい涙が、一筋だけ流れました。
連れていってもよかったんだよ、と思いました。

たぶんそれは、一瞬の出来事だったのでしょう。

部屋の扉を開けると、階下からは、テレビに夢中な妻子の、ハイテンションな笑い声と、歓声、拍手が聞こえました。

悟郎さんは微笑み、足下で首をかしげるジャックに、そっと話しかけました。

「いまの出来事は、ふたりだけの秘密にしよう」

犬は、わかってる、というように、その口を開き、笑顔を見せました。


それからいくらかの時が流れ、悟郎さんはいまも風早の街で、家族と楽しく暮らしています。随筆も書き続けていますが、あの夜に起きたことは、何度も書きかけて、けれどまだかたちにできないままでした。

いつか未来に、書き残す気分になることはあるのでしょうか。

そんな日が来るような気もしますが、いまはまだ、わかりません。

ただしばらくは、秘密の宝物を抱えるように、記憶を慈しんでいたいように思うのでした。

そして悟郎さんは、ときどき夢想するのです。たとえば、天気がとても良くて、ビルの合間に見える空が果てしなく高く青い日に。

感覚がなくなり、動かなくなった右手の小指をなでながら。

美しい蝶の羽を持った妖精が、悟郎さんの魂のかけらを抱いて、果てしない世界を旅する姿を。

ひとの目には見えない小さな冒険者が、きっといまも、この空のどこかを羽ばたいているのだ、と。

妖精は、この先、悟郎さんが年老いてこの世界からいなくなっても、世界のどこかで、生き続けるのかも知れない。彼と梨々可の魂の欠片を抱いて。

それは何という祝福なのだろうと、悟郎さんは思うのです。

踏切にて

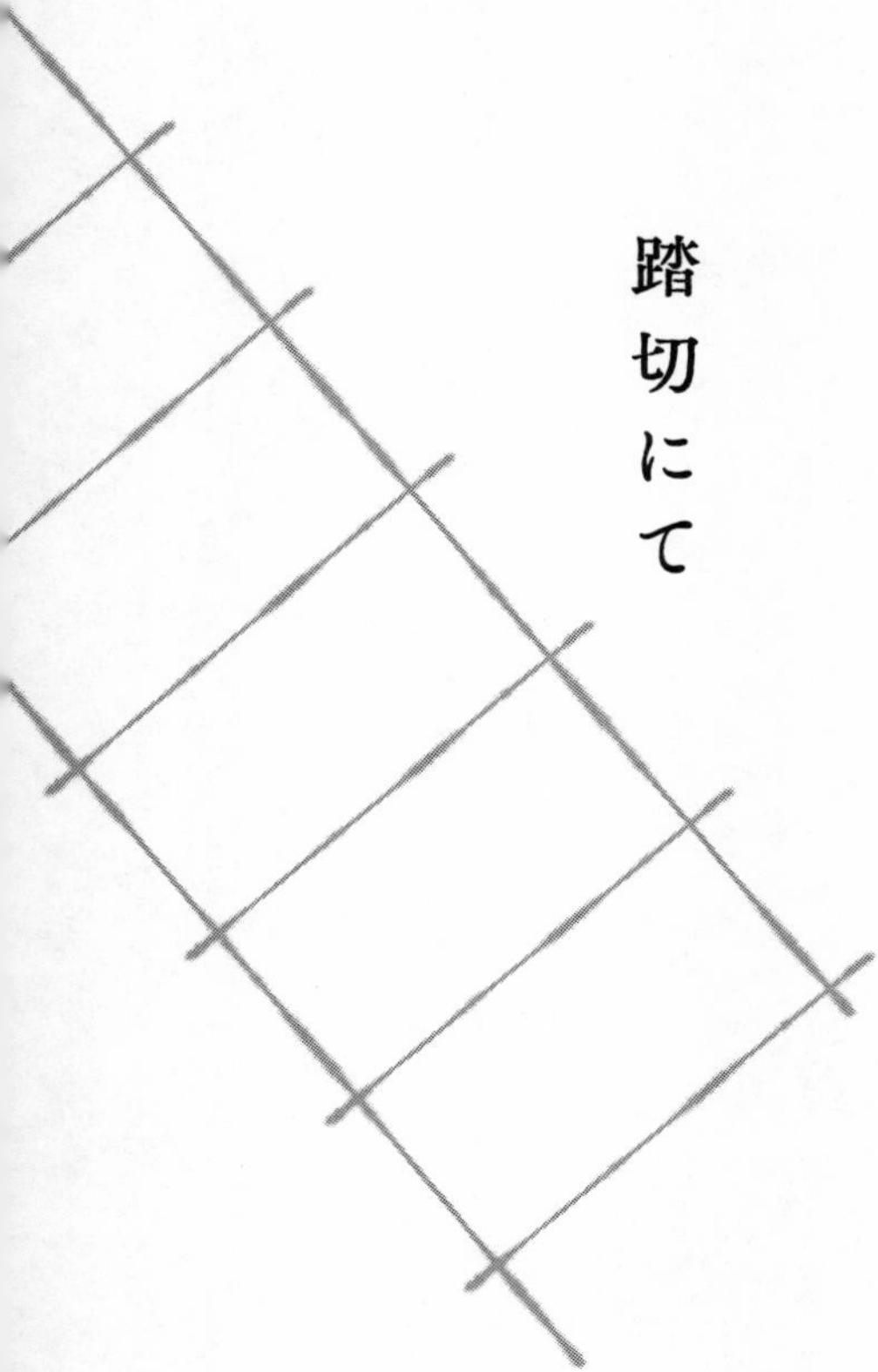

（ああ、また傘忘れてきちゃった）

静かに雨が降ってきました。肩の上で切りそろえた髪を伝って、雫《しずく》が落ちます。

十月。それもそろそろたそがれどきになろうという時間なので、冷たい雨でした。

ふと、春雨みたいな雨だな、と思いました。春雨スープの中の、半透明に透き通った色の、優しい雨。

鶏肉と椎茸《しいたけ》の出汁《だし》で作る、熱々の春雨スープは菜々《なな》の得意料理です。白胡椒《しろこしょう》をきかせて、ごま油で風味を出して。綺麗に緑色の葱《ねぎ》を散らして。

小学生の頃、料理上手なお母さんに教わったレシピを、中二の今もそのまま作っているだけですが、お父さんにも弟にも、好評です。

（星子《ほしこ》も、好きだったね。春雨スープ）

親友の笑顔を思い出して、唇を噛《か》みました。

放課後、塾に行く前の腹ごしらえに、菜々が作っていくふたり分のお弁当。近所の公園の東屋で広げるとき、スープジャーの中のスープが春雨スープだとわかると、星子は大喜びしました。

（漫画かアニメの中のひとみたいに、大げさなくらいに、喜んでくれたよね）

銀のフレームの眼鏡の中で、薄茶色の瞳がきらきら輝いて、長い髪と、よく似合うセーラー服の白いスカーフをふんわりとなびかせて、「嬉しいなあ。もう、最高に、幸せだなあ」と叫ぶのです。

そうでした。星子の口癖は、「幸せだなあ」。

菜々のぷっくりした手に提げた学生鞄が、みるみる雨に濡れていきます。胸と肩の辺りがきつい制服も、短く太い足をきわだたせている、半端な長さのソックスに包まれた足も。

星子と同じ中学の制服を着て、学校指定の靴を履いているとは思えない、そんな姿。小さくて、丸くって。昔からずっと変わらないみっともない姿。

「雨に濡れたら駄目だよ」

星子が幼稚園のときに、そういいました。

「特に頭。馬鹿になっちゃうよ。雨には悪いものが混じってるんだから。宇宙中の悪いものをいっぱい巻き込んで降ってくるんだからね」

「え？　うちゅう？　雨は空から降るんでしょう？　なんで宇宙？」

「空は宇宙だから」

「えっ」

「空と宇宙には境目がないの。宇宙に包まれて、わたしたちは生きているんだよ」

小学生向けの図鑑に書いてあったんだ、そういって、胸を張りました。

「空は宇宙……」

菜々は青い空を見上げました。星子のいうことがわかるようなわからないような、不思議なぐるぐるした気持ちで、見上げました。


「わたし、雨が好きで、よく濡れてたから、馬鹿になっちゃったのかなあ」

そんな風に育っちゃったのかなあ。

馬鹿で。ドジで。うっかりしていて。方向音痴だし。大事なことも忘れてしまうし。

いちばん大切なことも。

（星子は傘を忘れるなんてことなかったなあ）

ずっと、小さい頃から。

小学生になる頃には、降りそうなときは、朝、菜々の家まで迎えに来たときに、「傘持った？」と、念を押すようになりました。

早い時期に眼鏡をかけ始めた彼女は、よく似合う細い銀のフレームの眼鏡の、その奥のきりっとした茶色い目で、いつも気遣うように、菜々を見るのでした。

寝坊助の菜々を、星子は家まで迎えに来てくれて、忘れ物がないかどうかチェックまでして、そうして一緒に登校してくれるのでした。お父さんも弟も、そしていまは入院中のお母さんも、星子がまるで菜々のお姉さんみたいだといって、いつもお礼をいうのでした。

星子はいつもあまり笑わないのに、そんなときだけは、「たいしたことじゃ」と、頰を染めて照れくさそうに笑うのでした。

（ああ、そうか）

（星子が一緒じゃなかったから、傘を忘れてきちゃったんだ）

菜々は雨に濡れながら、くすりと笑いました。苦い笑顔でした。

そういえば、いま菜々が忘れているのは、傘だけじゃないような気がします。

（駄目だなあ、わたし）

（あの頃から、全然成長できてないや）

（星子がいないと、全然駄目）

星子は小さい頃から、綺麗で賢くて大人びていました。仲良しで、いつも一緒にいるふたりだったので、知らないひとたちに、「仲の良い姉妹ね」なんていわれたものでした。「あんまり似てないけど」とか。

似ているはずもありません。家が近所なだけ、ただの幼なじみで気があった友達同士なのですから。小学校も中学校も一緒だったこともあって、ずっと友達でした。

いつも一緒でした。

「おまえたちいつもくっついてて、気持ち悪いな」

小学校の終わりの頃、口の悪い男子たちにからかわれたことがありました。

「でもさ、本橋《もとはし》菜々は、安東《あんどう》星子みたいな美人と一緒にいるのって、かわいそうすぎるよな」

「引き立て役みたいなものだよなあ」

それくらいの年齢の男子なんて、さほどの悪意もなく、女子をからかうのが好きなものです。猿山のお猿みたいだ、と、菜々は思っていました。遊びで始まって、ふとしたはずみで意地悪になったりします。それだけのことです。

菜々はふだんは思ったことを口にできる方です。それでなぜだか、「天然」だとかいわれてみんなに笑われたりするのですが、まあ実際、自分が何かしらずれていることは知っていますから、仕方ないか、と思います。

だけど、「天然」なりに、口喧嘩には負けません。というか、誰かにからかわれてじゃれ合うのも、楽しいと思っていました。意地悪なことをいう男子たちとだって、いつもは冗談をいい合ったりして、それなりに仲良くやっていけているのです。

菜々はもともと、自分から誰かを嫌いになったりする方ではないのでした。たいていのひとはみんな、どこかしら楽しかったり優しかったり面白かったり、素敵なところを持っているからでした。

そんな菜々ですが、その言葉は——その言葉だけは、胸に来ました。

(自分でもわかってるもの)

引き立て役。

日曜日に街を歩くと、タレント事務所から声がかかるような、星子はそんな少女です。そばにいる菜々を素通りして、星子だけに向けられるおとなの笑顔。ねえあの子、かわいい、きれいねとささやき、もてはやす声。もう慣れていました。

そんなとき、星子は、不機嫌な表情を浮かべて、「興味ないです」と、おとなたちをばっさりと切り捨てて立ち去るのでした。

夏でも半袖を着ない、いつも長袖の袖口から伸びる白い手で、菜々の手首を掴み、繁華街を軽やかに歩いていく星子。吹きすぎる風に流れる長い茶色い髪の合間に見える、ほっそりとした首や背中を見上げて、菜々は、なんとかそのあとについて行きます。

振り返りもしない星子の代わりに、声をかけてきたおとなたちに、ごめんなさいといって頭を下げたりして。

街に降りそそぐ日差しの中、透き通って風に揺れ、流れてゆく星子の長い髪に、菜々はいつも見とれました。

菜々は、星子が好きでした。

（星子がわたしをどう思っていようとよかったんだ）

ほんとに引き立て役だと思ってくれててもいい。もしかして、菜々のいないところで、ブスでデブで天然な自分のことを誰かと笑ってくれていてもいい。

むしろ、自分みたいな子をどうして星子は好きなのか、その方がおかしいと思っていました。星子にはたくさんの友達がいて、あの子はいつもみんなの中心で、彼女の「いちばん」になりたい女の子はたくさんいました。

菜々はいつだって、そう思っていたのです。

うつむいて、鼻をぐすんと鳴らしていると、そばにいた女子たちが、騒ぎ出しました。

「いい加減にしなさいよ、男子」

猿山の中で、いちばん猿らしい男子が、前歯を剝《む》き出して、笑いました。

「引き立て役を引き立て役っていって、何が悪いんだよ。本橋なんて、安東に比べたら、引き立て役もいいとこ、脇役じゃないか」

「脇役どころか、背景の書き割りか小道具だ」

「小道具。ひでえ」

そばにいた男子が手を打って笑います。

「丸くて小さいから、トマトだな」

「プチトマトってか」

そのとき、つかつかと、星子が菜々のそばに歩み寄ってきました。生乾きの、長い柄のモップを持って。

「お、主役が来たぞ」

どっと笑う男子たちの中で、ひときわ大きな声で笑っていた、例の猿のような男子の口に、いきなりモップが突っ込まれました。

クラスはしんとしました。モップを口に突っ込まれた男子は、静かに泣き出しました。

やめろよ、やりすぎだよ、とあちこちで声が上がり、星子は肩をすくめると、モップを掃除用具置き場に戻しに行きました。

一瞬だけ、ちらりと星子が菜々を振り返りました。ごめんね、と口が動きました。

猿のような男子は、前歯が折れていたそうで、星子は放課後、保護者が呼び出されて、厳重な注意を受けることになりました。菜々は先生に自分も一緒にいたいといったのですが、許されませんでしたし、星子も、帰れ、と目でいいました。

次の日の朝、星子は菜々を迎えに来ませんでした。一時間目の途中で、教室の後ろの扉を開けて、入ってきました。片方の目と頰が腫れていました。剽軽《ひょうきん》な感じで笑いました。

「階段から落ちちゃって。冷やすのに時間がかかっちゃって、それで遅刻しました」

星子が何もいわなかったので、菜々は聞きませんでした。クラスの他の子たちも。

星子のお父さんは単身赴任で遠くにいるそうです。星子は古い、庭が大きな家に、お母さんとふたりで住んでいました。

そのひとは星子に厳しいひとだという噂でした。教育熱心で、テストの成績が悪いと、食事は抜きだし、庭木に吊《つる》したりするそうだなんて酷い噂が流れたことがあります。

一度だけ、菜々は、その噂のことを、星子に聞いたことがあるのですが、星子は「馬鹿みたい」と噴き出すように笑っただけでした。

菜々は、ドアチェーンがかかったままの、細く開いた玄関のドア越しにしか、そのお母さんを見たことがありません。星子と似た美しい顔立ちの、でも無表情なひとでした。

（あのお母さん、元気なのかなあ）

もともと人付き合いの多いひとではなかったし、回覧板を持っていっても、出てこないようなひとでした。新聞受けに入れて帰ってくるしかないのですが、扉が閉まったままの家の中は、いつもしんとしていました。

今、あの家で、ひとりでお母さんは暮らしているのでしょうか？

氷みたいに無表情な瞳のあのひとは、星子がいなくなった家の中で、どんな風に暮らしているのでしょうか。

それとも、あのひとが星子を「殺した」のでしょうか？


「あれ——？」

菜々はふと立ち止まりました。

いつの間にか、知らない路地に立っています。夜が近くなったせいか、灰色がかって見える路地は、静かな雨に包まれて、銀色の光を放っているように見えました。

その中に、そこだけ妙に鮮やかな大小の鳥居が何本も立っているのです。雨の匂いに混じって、かすかなお線香の匂いも流れてきます。

「嫌だ。何だか、怖い……」

菜々は身を縮めました。

ひとけのない路地の、濡れた石畳の上で、周囲に視線を走らせました。

「どこだろう、ここ……？　こんな路地、知らない」

呟く自分の言葉を聞いて、思い出しました。

「駅前商店街の……知らない路地？」

胸がどきんとしました。

まさか、と思いました。鳥居が並ぶ知らない路地に迷い込んだら、そこには不思議なお店があるのです。

「オレンジ色の灯りが見えたら……」

菜々はふと、背中の方から温かい光が自分を照らしていることに気づきました。

恐る恐る振り返ると、そこに。

鬼灯《ほおずき》の実の色の光がありました。

灯籠《とうろう》の形の看板が、遠くに灯っています。

書かれている文字は、雨に煙って読めません。でも、稲穂のマークが描かれているのは、わかりました。

「そんなことって」

かすれた声で菜々は呟きました。

この街に、たそがれ堂という名前の不思議なコンビニがあること、それは魔法のコンビニで、店長さんはこの街の神様だということを教えてくれたのは、星子でした。

「心の底からほしいもの、探しているものがあれば、そのお店は目の前に現れてくれるんだってさ。そして、そのお店にたどりつくことさえできれば、誰でもね、きっと、幸せになれるんだよ」

小学生の頃、塾の帰りの夜の公園で、いつものあの東屋で雨宿りをしながら、話してくれたのです。

「いいなあ。素敵だなあ。素敵なお話」

菜々はぎゅっと手を握りしめました。

そんなコンビニがあるのなら、ずっと入院しているお母さんを元気にして、退院させてくれるようにお願いするのにな、と思いました。病気が治るようなお薬を探すのに。——だけど。

「でもきっと、ただの都市伝説だよね」

菜々は肩を落として、ため息をつきました。

だって、ほんとうにそんなお店があるのなら、この街には不幸なひとなんてひとりもいないのではないでしょうか。

星子は、ふふん、と鼻で笑いました。

「わたしはあるって信じてるよ。ていうか、いつかきっと絶対に、たそがれ堂に行ってやるんだ」

菜々は驚きました。でも星子なら、それが都市伝説でもほんとのことでも、いつかはその場所にたどりつけてしまうような気がしました。

「星子、そのコンビニに行って、何を探すの？　何を買うの？」

「うーん」星子は腕組みをして、考え込みました。「それは考えてなかったなあ。わたし、いま幸せだし、ほしいものとか特にないし」

そもそも、と、星子は人差し指を立てて、

「願い事があれば、自分で努力して叶えればいいと思うし、探しものは自分で探すし、ほしいものは買えばいいと思うんだよね」

いま買えないものでも、おとなになって働いて、お金を稼いで買うつもりだもの、と星子は自分の言葉にうなずきながら、いいました。

「でも、星子。そのコンビニは、探し物やほしいものがないとたどりつけないところなんじゃないの？　ほしいものがないひとでも行けるのかな？」

「その辺は、熱意と根性でなんとかするよ」

星子は男の子のような笑顔で笑いました。

そして、いいことを思いついた、というように、目を輝かせて、いいました。

「わたしがもし、コンビニたそがれ堂にたどりつけたら、菜々のほしいものを探してあげるよ。それを買って帰ることにする」

「ほんと？」

「菜々が幸せなら、わたしも幸せだから。——ねえ、菜々は何がほしい？　そのお店には、売ってないものはないんだってさ。世界中のありとあらゆるものがあって、どんなお店にもないような、魔法みたいなものだってあるんだよ」

菜々が答えるよりも前に、星子はうなずきました。親指を立てて、いいました。

「わかってるよ。おばさんの薬だね?」

「うん。……あるのかなあ?」

お母さんが退院してくれるなら、何もいらないと思いました。

もし、そんな魔法がほんとうにあるのなら。

「あるよ、きっと。任せてよ。絶対に、探すからさ。たそがれ堂」

雨に煙る東屋の中には、公園の明かりが射し込んでいました。その光は、星子の瞳にきらめき、とても綺麗でした。星が灯っているみたいだな、と思ったことを覚えています。

あ、と星子が頭をかきました。

「でもわたしだと別の意味でたどりつけないかな。たそがれ堂、神様が経営しているお店だから、とびきり心が綺麗なひとでないとたどりつけないっていう話もあるみたいなんだよね。だから、みんな、なかなか、たそがれ堂にたどりつけないらしいんだよ。あのお店はどうやら、お客さんを選ぶらしいんだ」

ひどい話だよね、と、星子は口を尖らせました。

「お客様は神様だ、っていうのにね。神様が神様の選り好みをしちゃ駄目じゃん」

「大丈夫だよ。星子なら行けるよ」

　菜々はいいました。

　自分みたいな馬鹿な子なら無理かも知れないけれど、いつも優しくて強くて、みんなの人気者の星子なら、きっとその神様のコンビニに行けるに違いないと思いました。

「ありがとう」と星子は笑いました。

「ま、努力はしてみるよ」


　思えば、その夜きり、たそがれ堂の話はしませんでした。だから星子がたそがれ堂を探しているのかどうか、そもそもその話をほんとうに信じているのか、いまでもずっと覚えているのか、それもわからないのです。

　でも、菜々はその夜聞いた不思議なコンビニの噂のことを、ずっと覚えていました。

　だから、いま自分の目の前にあるコンビニが、たそがれ堂であることにすぐに思い当たったのです。

　時ならぬ春の光を封じ込めたような、明るい色の光が満ちている、白と朱色の見慣れない色彩のコンビニエンスストア。
菜々はいま、その光が届くぎりぎりのところで、立ち尽くしていました。
コンビニたそがれ堂。いま目の前にある魔法のコンビニ。
(なんでたどりつけたんだろう？　ほしいものなんて、あったかな？)
ああ、そうだ。入院中のお母さんの薬。——それから。
ぼんやりと考えてから、はっとしました。
冷たくかじかんだ指を、ぎゅっと握りしめました。——ありました。いま、何より
もほしいものなら。叶えたい願いなら。
(時が巻き戻せたら——)
もう一度、星子にあうことができるなら。
いいたい言葉がありました。いわなくてはいけない、大切な言葉が。
(だけど)
雨に濡れながら、菜々はからだを震わせました。——ここがそのコンビニだなんて、
自分がたどりついたなんて、そんなはずがない。
菜々のように悪い子が、神様のコンビニにたどりつけるはずがないのです。

けれどそれなら、いま菜々の目の前で輝く、あの明るい場所はなんなのでしょう?

そのお店にいるのは、長い銀色の髪に、明るい金の瞳のお兄さんだと、星子はいっていました。レジの中で、おでんを煮ていたり、美味しいコーヒーをいれてくれていたりします。赤と白のしましまの制服がよく似合う、素敵なハンサムのお兄さんなのです。

そして、自分のお店を訪ねてきたお客様が店内に足を踏み入れると、優しい声で、「いらっしゃいませ」と、うたうようにいって、歓迎してくれるのです。

菜々はその店のガラスのドアを開けました。

夢を見ているような気持ちになっていました。——いいえ、気がつけば、星子が「いなくなった」あの日から、ずっと夢の中にいたような気がします。

学校にいても、家にいても、ふわふわとして。歩いていても、足が地に着かないような。耳がおかしくて、誰の声も聞こえないような。いつも自分ひとりだけ、違う世界にいるような、そんな気がしていたような気がします。

自分がどこにいるのかもわからなくなっていたような。——そういえば、今日、菜々はどこに行こうとしていたのでしょう。それすらもぼんやりとして思い出せませんでした。

（雨に濡れたのが良くなかったんだ、きっと）

そのせいで、どんどん馬鹿になってゆくんだと思いました。

ふわふわした足取りで、店内に入ってすぐに、あざやかな鬼灯色が目につきました。灯籠の形の看板と同じ、鬼灯色のビニール傘です。

子どもの頃、夏にみんなで鬼灯市に行ったことがあったなあ、と菜々は思い出しました。菜々の父さんの運転する、古いポンコツの車に乗って、遠い街まで。

菜々と弟と、そして星子。星子はとてもはしゃいでいました。遠い街に住んでいるおばあちゃんに、鬼灯の鳴らし方を教わったことがある、教えてあげるね、と得意げでした。いちばん綺麗な実がなっている鬼灯を、と、誰よりも盛り上がり、熱心に選んでいました。

鬼灯は、お母さんの入院している病院に、一鉢お土産に持っていきました。鉢物のお見舞いは「根付くから良くない」と嫌う患者さんもいるのよ、と看護婦さんがそっと教えてくれたのですが、菜々のお母さんは、鬼灯の鉢を見て、ぱあっと表情を輝かせました。ベッドの上で、鉢を抱きしめるようにして喜んでくれました。「お祭りの灯籠が灯っているみたい。あったかいわ。病院にいても、さみしくないわ」といって。星子のお母さんにも同じ鉢をお土産に買いました。星子はうつむくようにして、大事そうにその鉢を抱いて帰って行きました。

数日後、ごみの日に、その鬼灯の鉢は出されていました。

菜々は鬼灯色のビニール傘を手に取りました。

そのときでした。

「いらっしゃいませ」

明るく、ちょっとハスキーな声が店の奥の方から聞こえました。

菜々は傘を手にしたまま、振り返りました。

そこにいたのは、銀色の髪のお兄さんではありませんでした。長い黒髪を二つに結った、高校生くらいのお姉さんです。灰色の地に烏瓜《からすうり》の模様の着物の上に、エプロンドレスを着て、楽しそうにレジの中に立っていました。

かわいらしい顔立ちで、そこはかとなく、猫に似て見えます。すっきりと切れ長の目のせいでしょうか。菜々とそう変わらない年齢のようにも見えて、でもときどき、目や口の表情が、とても年をとった、年齢のわからないひとのそれのようにも見えるのでした。

きらきらと輝く目の色は蜂蜜のような金色で、その瞳で、菜々のことをじいっと見つめています。レジカウンターに寄りかかるようにすると、菜々に聞きました。

「傘、買いに来たの？」

「え？」

「しっかり柄を握りしめてるからさ」

「あ」

菜々は慌てて傘を元の場所に戻そうとして、ふと思いついて、そのままレジに向かいました。これがあれば、もう雨に濡れずにすむのです。

「あの、いくらでしょうか？」

傘には値札がついていませんでした。

「ここはたそがれ堂だもの。当然五円よ」

カウンターの中に入りながら、さらりとお姉さんは答えました。

菜々は、傘を胸元に抱きしめました。

「やっぱり、ここは、コンビニたそがれ堂だったんですか」

「うん」と、お姉さんは、慣れた手つきでレジカウンターを開け、菜々から五円玉を受け取りながら、

「こういう流れで妖しいコンビニにたどりつけば、ここが有名な魔法のコンビニだよねって、まあひとつの決まり事っていう感じじゃないのかな、って思うのよねぇ」

「でも、レジの中にいるのは、銀髪に金色の目のお兄さんだって聞いて……」

「あたし、ここの店員だから。店長、けっこう風来坊だし、たまに遠くで寄り合いがあったりして、店を離れることがあるのよ。特に十月はね。そういうときは、あたしがひとりでここにいることもあるの」

今風にいうと、あれかな、「レアキャラ」みたいな感じかな、と笑いました。

「だけど、あのう、なんだか、信じられなくて」

「どうして？」

「だって、コンビニたそがれ堂には、心の綺麗なひとしかたどりつけない、って」

「へえ。そうなの。それは初めて聞いたけど、ほんとうかしら？」

くすくす、と灰色の地の着物の袖を口元に当てて、お姉さんは楽しげに笑います。

すると着物に描かれたあざやかな朱色の烏瓜たちも金色のつるも、楽しげに踊るように揺れるのでした。

「――で、あなたは、傘じゃないなら、何をここに探しに来たの？」

「わたしは……」

もしかしたら、と思うと、願い事が叶うのかも、と思うと、言葉になりませんでした。

「わたしは、でも、だけど――」

お姉さんは呆れたように、

「あんたさあ、でもとか、だけどとか、だってとか、めんどくさいわよ。せっかくかわいいのに、怪奇映画の幽霊みたいに辛気《しんき》くさい顔しちゃってさ。こうして無事たそがれ堂にたどりついた上に、レアキャラのあたしにあえたんだから、もっと自信持ちなさいよ。ほら顔あげて。きっと何かいいことあると思うわよ」

「そうでしょうか……」

少なくとも自分がかわいいなんてことはないはずだ、と菜々は思いました。

「ああもう。まあとりあえず、お客さんはいま、そうして、傘を買ったじゃない？」

「あ、はい」

菜々は鬼灯色の傘を抱きしめました。

優しい声で、お姉さんはいいました。

「これでもう濡れずに帰れるからさ。ここからは、濡れずに、『いまのあんたが行かなきゃいけないところ』に行けるから。――で、『帰る』前に、せっかくだから、ちゃんとお買い物していきなさいよ。幸せになれるような、ね」

幸せ、という言葉を聞くと、星子の笑顔を思い出します。

菜々は傘を握りしめました。

「このお店に来ると、探し物が見つかるって、昔、友達に聞きました。ここでは、ほしいものはなんでも買えるって。ほんとうですか？」

「そうよ。それが売りの魔法のコンビニだもの」

「――時を……」

「時を？」

「時を巻き戻せる魔法って、売ってますか？」

「そんなもの買ってどうするの？」

お姉さんの金色の目が、薄く光りました。

「ああ、もしかして、取り返しのつかないようなことをしてしまった、とかそういうの？　で、もう一度やり直したいんだ。ふうん」

レジのお姉さんの言葉は、笑みを含んでいても、乾いていて、心を抉《えぐ》るようでした。

少なくともそのときの菜々にはそう聞こえました。

「人間ってほんとうに、そんな願い事が好きよね。諦めが悪いっていうかさ」

菜々はうつむきました。言葉が喉の奥に貼りついたようで、外に出て行きません。

ただ、黙ってレジのそばを離れました。

やっぱり自分みたいな悪い子が、お買い物をしに来るところではなかったんだ、と思いました。

「あらら、お買い物やめちゃうの？」

どこか退屈そうな声で、女の子がレジの中からいいました。

菜々はたそがれ堂を出ました。夜が近づいてきた灰色の空からは、まだ雨が降っています。鬼灯色の傘を差して、どんよりとした雨空の下へ踏み出しました。

傘があれば、少なくとも、もうこれ以上雨に濡れて、馬鹿にならずにすむでしょう。

（ああ、わたしは『帰らなきゃいけなかった』んだったわ）

そうだ、たしかにそうでした。でも。だけど。

菜々は、ぼんやりと、傘で弾け、けぶる雨を見つめました。

（わたし、『どこ』に『帰れば』いいんだろう？）

どこへ行こうとしていたのか、どこへ帰ればいいのか、やはり思い出せませんでした。


鬼灯色の傘を差して、雨の中を歩くうちに、いつしか街外れの辺りを歩いていました。かんかんかん、と踏切の警報の音が聞こえます。電車が通り過ぎる、重たい振動と。金属が揺れ、きしむ音と。

降りしきる雨の中で見る警報機の赤い光は、どこか怪物の目のようで。菜々と星子が好きだった、ホラー漫画の中の怪物のようで。

遮断機の前で、菜々は線路の向こう側を、見るともなく見ていました。

この踏切の辺りはひとどおりが少なく、あまりひとが渡らないので、その日そのときも、菜々の姿しかありませんでした。

雨粒を飛ばして電車が通り過ぎて行きます。

そして、遮断機がゆっくりと上がり始めたときに、菜々は自分の目を疑いました。

踏切の向こう側に、星子がいたのです。

傘も差さず、雨に濡れて。水を浴びたように、濡れたままで。

こちらをまっすぐに見つめて。

銀色の雨の中で、星子は茶色い長い髪とセーラー服の白いスカーフをなびかせて、こちらを見つめていました。青ざめた、驚いたような顔をしていました。

菜々ははっとしました。ああきっと、星子は死ぬつもりなのだと思ったのです。

ここで、この踏切で。さみしくて悲しくて死ぬつもりなのです。

そういえば、この踏切は、「あのとき」星子が立っていた踏切だったと、菜々は「いま」ゆっくりと思い出したのでした。

中学校の実力テストで、星子は先生にカンニングを疑われました。先生がいうには英単語を書き込んだ紙をこっそり持ち込んでいた「らしい」のですが、それを床に落とした「らしい」のです。「らしい」というのは、そのカンニングペーパーがほんとうに星子が落としたものかどうか、誰もその瞬間を見ていなかったからでした。

けれど、紙を拾った先生に、そう疑われ、おまえのものかと紙を見せられたとき、星子は黙って頷きました。それを菜々は隣の席で見ていました。

カンニングなんかしなくても、星子は勉強ができる子でした。それを菜々は知っていました。菜々のように、どんなに暗記しようとしても気が散ってしまって、英単語も文法も、まるで覚えられない子とは違っていました。

クラスのみんなは噂しました。「教育ママのお母さんが怖かったんじゃないかなあ」「あれだけ勉強ができても、もっとできないと叱られるんだよ、きっと」

放課後、学校に、星子のお母さんが呼び出されました。

そして、その次の日から星子は学校に来なくなりました。

数日後、雨の降る夕方に、菜々は星子の家を訪ねました。チャイムを鳴らしても誰も出てきません。秋の雨の日の、どんよりと灰色の闇が立ち込めるような時間に、家には明かりもつかず、誰の気配もありませんでした。

菜々は、星子を捜して、雨の街を歩きました。

謝らなければいけないことがあったからです。どうしても、謝らなければ。

そして何よりも、お礼をいわなければいけないことが。

雨の中を捜しました。傘を忘れたので、頭から雨に濡れながら。ああ馬鹿になっちゃう、と思いながら。もっと馬鹿になってしまう。取り返しがつかないほどに。


菜々は鬼灯色の傘の柄を握りしめ、ゆるゆると上がる遮断機をくぐるようにして、線路の向こう側に行こうとしました。

星子の名前を呼びながら。

(死んだりしたら、駄目だよ)

(ごめんなさい)

(ごめんなさい)

(止めなくちゃ)

警報機が鳴り始めました。次の電車が来るのです。——「あのとき」と同じに。

（ああ、「あのとき」も雨が降ってたな）

（線路が濡れて滑って）

（うまく走れなくて）

（ころんで）

耳の中で、警報機の音がこだまするようでした。降りしきる雨で、前がよく見えません。けれど、星子の姿だけは、くっきりと見えました。「あのとき」と同じに。

もう二度と見ることがないと思っていた、菜々の世界にいなくなったと思った星子が、線路の向こう側にいて、菜々を見つめています。

遮断機をくぐって、ほら、こちらに駆け出してくる。

雨の中を、近づいてくる。綺麗な長い足で濡れた地面を蹴って。

「あのとき」と同じに。あの夕方と同じに。

（なあんだ）

菜々は雨の中で微笑みました。

たそがれ堂で、時を遡る魔法は買えなかったけど、星子にまたあうことはできたじゃないの。神様のコンビニに行けた、そのことの功徳《くどく》なのかな。もしかして、わたしもほんの少しは、いい子だったってことなのかな。

渦を巻くように、警報機の音が鳴ります。線路を通して、電車が近づいてくる音と、その振動が響き、やがて警笛が聞こえました。

菜々は星子だけを見つめて、いいました。降りしきる雨の中で。

「ごめんね。ごめんなさい、星子」

いいたかった一言を。「ありがとう」

警笛の音と警報機の音と、近づく電車の音と軋《きし》むように電車がブレーキをかける音と。

音の渦の中で、菜々は急に頭と胸が痛くなりました。ひどく頭がぼーっとして、息が苦しくて、何もわからなくなりました。いまの自分が立っているのか、座り込んでいるのかさえ。ただ、手の中にある鬼灯色の傘の柄を握りしめていました。

雨がいけないんだと思いました。遠い宇宙から降るこの雨が。

(もう何も、わからなくなる)

（雨のせいだ）

（馬鹿になって、何もかも忘れてしまうんだ）

たったひとつ。星子の姿は忘れないようにしようと思いました。

降りしきる雨の中、線路を渡って駆け寄ってきてくれた、大事な幼なじみの、こんなときも美しい姿を。

菜々は友達として振る舞うことができなかったのに、星子を見捨てようとしたのに、小さい頃から少しも変わらずにいてくれる、友達の姿を。


（ごめんね、星子）

（ごめんね）


あの日、カンニングをしたのは、菜々でした。

入院しているお母さんの具合がここのところ良くなくて、テストでいい点を取ったら喜んでくれないかな、と思って、寝ないで勉強をしたのに、少しも身につかなくて。気がついたら、カンニングペーパーを作っていました。小さく畳んで、筆箱の中に隠して。とても怖かった。ばれたらどうなるんだろう、と、恐ろしくて、足下がぐらぐらするようでした。けれど、思った通りの問題が出て、やった、と胸が高鳴ったとき、手元が狂って、カンニングペーパーは床に落ちました。

かさ、という小さな音を先生は聞き逃しませんでした。急ぎ足で、席に近づいてくる足音を、菜々は聞きました。顔を上げられませんでした。もう終わりだとわかったから。胸が破れるほど、激しく鳴っていました。

けれど、小さな紙は床を滑り、隣の席の星子の足下に落ちていたのです。

怪訝そうにその紙を見た星子の顔色がさっと青ざめました。菜々へと視線を投げたようでした。先生が席に近づいてきたのは、そのときでした。

「安東、これはおまえのものか」

先生は信じられない、というような表情で、星子に訊きました。

星子は先生の手で拾い上げられ、自分に差し出された紙をじっと見て、少しだけ考えてから、はい、と答えました。

菜々は、隣の席からそれを見ていました。

違います、わたしがやりました、と答えなくてはいけないと思いながら、そういえませんでした。からだが動かず、声が出ませんでした。

星子を見ると、彼女は、内緒だよ、というように片方の目をつぶりました。

呼ばれた職員室で星子がどんな風に、先生に「事情」を説明したのか、菜々は知りません。頭の良い星子のこと、口から出任せでも、リアルでおとなが信じやすいような嘘を、即席でこしらえあげたに違いない、と菜々は思います。

学校に呼び出された星子のお母さんは、ひどく怒ったそうです。

「やるならばれないようにやりなさい」

そう叫んだ声が廊下まで聞こえたと、その時間たまたま応接室のそばを通り過ぎたクラスの子がいっていました。

「ヒステリックで、すごい怖い声だったよ」

応接室に呼び出されたお母さんが、先生が目に入らないという様子で、手にしたバッグで星子を殴りつけ、打ち据《す》えたそうだ、その様子があまりに酷かったので、先生が割って入ったそうだ、と、誰がどう目撃したものか、噂になりました。

その日、廊下の端の、遠い遠いところから、菜々は応接室の様子をうかがっていました。それでも、そこまでも騒ぎは聞こえました。だから、それがただの噂ではないだろうと、知っていました。

知っていて、その日、菜々は遠くの廊下に立ち尽くしていたのでした。

いわなきゃいけない、ほんとうのことをおとなたちにいうべきなんだ、と思いながら、動けなくて。

足がわずかも動かなくて。

星子が学校に来なくなったとき、菜々は自分のせいだと思いました。

しんとした家を見たとき、星子はいなくなったのだと思いました。お母さんの暴力に耐えかねて、家を出たのかも知れない。それならいっそいいかもしれないけれど、もしかして——もしかして、漫画やアニメやホラー映画であるように、お母さんに殺されてしまっていたら。それか、自分で死にたくなっていたりしたら。

いまこの瞬間にでも、どこかで死に場所を探したりしていたら。

星子の姿を捜して街をさまよっていたとき、菜々はそんなことを考えていたのでした。傘も差さないままで、つんのめるようにして、道を急いでいたのでした。

そして、菜々は「あの日」、雨の降る街外れの踏切で、星子と出会いました。
星子は死ぬ気なんだと思いました。止めなくちゃいけない、と。遮断機の下をくぐり抜けて、星子の方へ走ろうとして。線路で滑って、ころんで。

そう、ちょうど、「いま」と同じに。
あのときは、たそがれ堂の鬼灯色の傘は持っていませんでしたけれど。
（わたしは、ドジだから）
（足も短くて、丸くて）
（よくころがっちゃうんだよね）
頭と胸をひどく打ちました。痛くて、動けなくなりました。
それでも顔を上げました。
迫ってくる電車の音を聞きながら、星子の姿を捜しました。
いわなきゃ。あの子にいわなきゃいけないことがある。
（死なないで、ということと、それと——）
同時に、どこか安らかな気持ちで、ああわたしは死んじゃうんだな、と、思いました。いやだなあ、電車に轢《ひ》かれちゃうのか。こんな死に方したくなかった。ホラー漫画みたい。母さんも父さんも、弟もみんな泣くだろうな。クラスのみんなも、泣いてくれるかな。脇役の小道具のプチトマトの菜々でも、いなくなったらさみしいって思ってくれるかなあ。

（なんでわたしはこう最後までドジで情けないんだろうって思ったんだ）

そして、わたしったら、一瞬の間に、こんなにたくさんのことを考えることができるんだな、と思い、切ないのにおかしくなりました。これが漫画やアニメに出てくる、死ぬ前の「走馬灯《そうまとう》」ってものなのかしら。そう思って。

そして――。

自分のそばに星子が駆け寄ってきた、それを最後に見た記憶があります。

それが、覚えている「あの日」の最後の記憶でした。

でもそのあとの記憶がはっきりしないのでした。

気がつくと、菜々は生きていて、ひとりきり、雨降る街角に立っていました。

星子はどこに行ったんだろう、と思いました。いないということは、あれは夢か幻だったんだろうか。踏切にいたことも。星子にあったと思ったことも。警笛が鳴って、電車が迫ってきていたことも。

(夢を、見ていたのかなあ)

いいえ、あれは絶対に夢ではなかった、と思いました。

でも、「いま」が「いつ」なのか、それがわかりませんでした。

なぜ自分は「ここ」にいるのか、思い出せませんでした。

ただ、行かなくてはいけないところがあるような気がして、歩き出しました。

そして、コンビニたそがれ堂にたどりついたのでした。

(星子、わたし、たそがれ堂に行ったよ)

(たどりつけたんだよ)

薄れてゆく意識の中で、菜々は最後にそう思い、微笑みました。

安東星子は、その夕方、うっかり傘を忘れて家を出ました。一歩出てから、あ、しまった、降りそうな空だな、と思いはしたものの、何かとうるさい母がいる家に帰るのが面倒で、そのまま出かけてしまったのです。

(今日のお見舞い、なんにしようかな?)

(そろそろ、ネタが尽きてきちゃった)

友達が入院している病院に通う日々も、もう二週間になりました。

行くたびに、病室にいるひとびとの表情が暗くなるのが気がかりでした。

友人、本橋菜々は、あの日、雨降る踏切で滑る線路に足を取られて転び、ひどく頭と胸を打って、それ以来、意識不明なのでした。——たぶん、助からないだろうと、目覚める日は二度と来ないだろうと、みんなが思っていました。

(そんなことないよ)

星子は雨がぱらつき始めた道を、口を尖らせながら歩きました。

あんな優しい友達が、かわいらしい女の子が死んでしまうだなんて、そんなことがあっていいわけないのです。自分みたいな悪い子が死ぬならまだしも。

あの日、雨の踏切で、星子は線路に座り込んでいた菜々を助けました。

危機一髪、気絶した菜々のからだを抱きかかえ、引きずるようにして、迫り来る電車から引き離したのです。

あのときは星子も死ぬかと思いました。自分の命と引き替えにしても助けようと思った友人に、死なれてたまるかと思いました。

星子は、あの日、最後に踏切で見た、菜々の表情が忘れられませんでした。線路で転び、自分に向かって、何かを必死に叫んでいた口元を。

警報機の音と、電車の音で、聞こえませんでした。


(何ていってたんだろう?)

(何がいいたかったんだろう?)

わかる気もします。思い当たる言葉もあります。でも、菜々の口から聞きたいと思いました。そしたら星子は答えるのです。笑顔で。

「いいってことよ。友達じゃないの」

だから誰にもいわなくていいんだよ。ふたりだけの秘密だよ。そういって人差し指を口元に当てようと、そう思っています。あの日、教室で先生を相手に嘘をついたときから、そう心に決めていました。

菜々は、きっと黒いつぶらな瞳に涙を浮かべ、肩の上で切りそろえた、ふわふわした髪を揺らして、微笑むでしょう。ぷっくりした色白の頬を染めて、とても困ったように、でも少しだけ微笑んでくれるでしょう。悲しそうに。

星子が昔から、いいなあ、と憧れている表情で。雑貨屋さんや骨董品屋さんに並んでいる、天使の人形の笑顔に似ている、そんな柔らかな表情で。


星子には、あんな風に、微笑むことはできません。瞳に深い愛情を持って誰かを見つめることも。楽しそうに、世界中を見て、弾むように歩くことも。クラスの子たちみんなの、「素敵なところ」を上手に見つけて好きになることも。

美味しいものを上手に作ることも。それを食べたら、自分に降りかかった、すべての嫌なことや哀しみを忘れてしまうほど、優しくて素敵な味の食べ物を作ることも。

小学生のとき、自分をからかって遊ぶ、意地悪な男子たちのことでさえ、嫌いにならない菜々のことが、星子は不思議でたまりませんでした。そばで見ていて、あんなのみんな殴ってやりたい、いっそぶち殺してやりたい、なんて物騒なことを星子は考えていたのに。

（菜々は、漫画の主人公みたいだ、と思ってたんだ）

優しくて、かわいくて。どこか生身の女の子ではないような、綺麗な心の。

明るくて、ちょっとドジで、すぐ転んで、すぐに泣いたり笑ったりして。クラスのみんなや先生たち、近所のひとたちの人気者で。

（わたしと菜々はいつも一緒にいたから、菜々は気がついてなかったかも知れないけど）

菜々と星子。いつもクラスのみんなから声をかけられていたふたり。

誰からも嫌われず、みんなの人気者だったふたりのうち、ほんとうに好かれていたのは、菜々だったのだと、星子は知っています。

（わたしは、菜々のおまけだったんだよ）

菜々と話したいから、菜々と遊びたいから。でも星子と菜々はふたりでいつも一緒だったから、星子もまとめてついでのように、みんなに声をかけられて、その中にいたのです。

（ねえ、菜々）

（菜々が入院して、みんな心配してるよ）

みんなで折った千羽鶴が、病室には飾ってありました。その中には、小学校のときに同級生だった子たちからのものもありました。星子がモップを口に突っ込んだ、あの男子が、不器用な手で折った、ちょっと翼がずれたピンク色の鶴も、その中には羽ばたいていました。


十月の夕方の空の下、やがて本格的に降り出した肌寒い雨に濡れながら、星子は、

（ああ、あの日と同じだな）

ぼんやりと思っていました。

線路で転んだ菜々を助けた日。

菜々が、星子のそばからいなくなった、「あの日」から。

あの日、星子は家出していた祖母の家から戻ってきたところでした。

カンニングのことで、母にあまりにひどい叱責を受けたので、遠い街に住んでいるそのひとの家で甘えさせてもらい、休ませてもらって、家に帰ろうとしていたところでした。遠いところからの帰途だったので、傘を持っていませんでした。

母親のところに帰るのは不本意でしたが、高校からは家を出てやろうという決心が固まったので、むしろ元気になって家路を辿っていたのでした。

明日からはもう学校に行こう。カンニングのことを謝って、先生に進路の相談に乗ってもらおう。まあ普段は優等生だから、一度きりの失敗、なんとか許してくれるだろう、たかが実力テストだし。なんて算段をしながら、急ぎ足で歩いていました。

そもそも頭の回転が速い星子は、あのテストの日、菜々をかばおうと心に決めた瞬間に、一瞬で計算していました。――自分ならば、カンニングをしたと思われても、本気で改心した振りをすれば、担任の教師は、許してくれるだろう、と。

星子は、この学校内だけでなく、県でも五教科すべてが一桁の順位に入れるような、超優等生です。「一度きり」の失敗で見放すなんて勿体ないこと、学校がするはずがない、と思いました。

何もかも計算ずくで、だから星子は、菜々をかばうことに、何の不安もなかったのです。

（それよりもずっとずっと、菜々を守りたかったんだ）

（その方が大事だったんだ、わたしには）


星子の父は、星子が小さい頃から、どこかに「単身赴任」していて、記憶にある限り一度も帰ってきませんでした。

どんなひとなのか、まるで思い出もなく、顔も忘れました。

星子の母は、賢いひとでしたが、我が子をかわいがるひとではありませんでした。我が子だけでなく、世界中に心を閉ざしているひとでした。

それでも、良い成績を取ると振り向いてくれるし、不器用にかわいがってもくれるので、星子はこつこつと勉強だけは続けてきました。幸い、両親のどちらに似たものか、勉強は苦にならない子どもでした。そう、たしかに、星子は母を愛していました。その愛を求めてもいました。自分があのひとの母親であるように、赦し、包み込んであげたいとさえ、思っていたかも知れません。

でももう、いいだろう、と思いました。

以前からずっと、あの母親の娘でいることに倦《う》んでいました。そしてもう、星子は大きくなり、母のそばにいなくても、生きていけることに気づいたのでした。

（少しだけ、さみしいけどね）

星子の成績が悪いといって怒り、星子にはわからない理由で気が沈むと、細い腕で暴力をふるう母でしたが、それでも幼い日の星子は、母が好きでした。

ぎこちない手つきで握ってくれる、ごま塩をまぶした握りたてのおむすびが。音量を落としたジャズを聴きながら、床に座り、本を読んでいる母のそばに、少し離れて座り、自分の本を読む日曜日の午後が。

（好きだったんだよ）

星子は微笑みました。雨を見上げて、目を細めて、いまの自分はきっと、おとなびた顔で笑っているんだろうなあ、と思いました。

（いつか、わたしもお母さんも、おとなになったら――）

そうしたら、また母子になれる日もあるかも知れない、それならいい、と思いました。

そんな日が来なかったとしても――。

母を好きだったあの子ども時代の思いはほんとうだから、だからいいのだ、と思いました。

(幸せだったのは、ほんとうなんだから)


やがて、踏切にたどりつきました。

雨に濡れながら遮断機が上がるのを待っているうちに、菜々のことを思いました。

菜々を守れて良かったと思いました。

カンニングのことで、先生に嘘をついたことを後悔なんかしませんでした。

(わたしは、昔、とりかえしのつかないことをしちゃったからなあ)

真実を告げれば、どんなに詫びても、許されないだろうことを、昔、星子は菜々にしました。小学生の頃のことです。

どうやって償っても、取り返しがつくはずもないことをしたのでした。

星子は、冷えた唇を噛みました。

（だから――）

代わりにあの子のそばにいて、たくさんの良いことをしよう、とそのとき、ひそかに誓ったのでした。菜々を守ろうと。

どんなとき、どんなことからも。

小学生のときに誓ったその誓いを、星子はずっと忘れてはいませんでした。

（もし忘れる日が来るとしたら）

それは自分が死ぬときだ、なんて星子は思い、我ながらちょっとかっこいいなあ、と笑いました。

そう、その日、雨に濡れながら、そんな風に笑ったことを、星子は覚えています。

そしていま。あの日と同じように、十月の夕暮れ時の雨に打たれながら、星子は、白い包帯で頭と上半身をくるまれて病室で眠っている菜々のことを思い出して、浮かんだ涙を指先で押さえました。

あの夕方、あと少し早く、自分が線路を渡りきり、菜々のところに駆けつけることができていたら。あの子が転ぶ前に、額と胸を打って、ひどい怪我をする前に、踏切を渡りきることができていたら。

（時が巻き戻せたら良かったのに——）

星子は血が滲むほどに唇を嚙みしめて、そう思いました。

あの事故以来、何回も何回も嚙みしめた思いを、繰り返しました。


「——お見舞い、探さないとね」

せめて、あの子が喜ぶようなものを探そうと思いました。何か素敵なものを持って、病院に行こう。眠っているあの子のために、とびきり素敵なものを、何か。

いまはもう、それくらいしか、星子にできることはないのですから。


あの日と同じ踏切に、星子はたどりつきました。

駅前商店街にほど近い場所にある、古めかしい踏切です。

ここを渡って、まっすぐ道路沿いに歩いて、駅のそばの繁華街まで行こうと思っていました。駅前商店街のどこかに、素敵なものがあるお店はないでしょうか。菜々が目を覚ましたら喜んでくれるような、何かかわいらしくて、優しい感じのものが。

（探さなきゃ。最高のものを）

駅前商店街どころじゃない、世界の果てまでだって探しに行くんだ、と思い、決意を込めて、傘の柄を握りしめました。

どんよりとした灰色の空から、静かに降る雨は、菜々が得意だった、春雨スープの春雨のようなまっすぐで優しい雨でした。

いつものように、渡るひとの少ない街外れの踏切に、星子の他は誰もいなくて。

降りている遮断機。赤い目玉の警報機は、かんかんかんとやかましい音を立てていて。ごうごうと遠くから近づいてくる、電車の音がしていて。

あの日、あの悲しかった雨の日の夕方に見たのと同じ風景が、いままた、星子の目の前に広がっていました。

そして、星子は見たのです。

踏切の向こうに、菜々が立っている姿を。

見慣れない鬼灯色の傘を差して、驚いたような顔で、こちらを見つめている菜々を。

一瞬、もう退院したのかと思いました。

すぐにそんな馬鹿な、と思い返しました。

あの子はいまにも死んでしまいそうな、そんな怪我人のはず。退院どころか、ふいに体調が悪くなれば、死んでしまいかねないくらいに、重い傷を頭や胸に負っているはず。意識が戻ったとしても起きあがれもしないでしょう。

(いまここに、菜々が、いるはずがない)

次に錯覚か、それとも人違いかと思って、でも、違う、と思い直しました。

「菜々だ。あそこにいるのは、菜々だ」

幼稚園の頃からいつも一緒だった友達を、大好きだった女の子の姿を、見間違えるはずがありませんでした。

絶対に人違いなんてしないし、あれは幻でもありません。

遮断機が上がりました。鬼灯色の傘を差した菜々は、唇を結んで、こちらに向かって駆けてきます。あの日、あの夕方と同じに。

あの日あの子は、傘を差していなかったけれど。雨に濡れながら走ってきたけれど。

星子も、遮断機を無理にくぐるようにして抜けて、菜々に向かって走り出しました。

そして、あの日と同じように、菜々は星子の目の前で転びました。線路の上で。濡れた線路に足を滑らせて。

あの日と違って、鬼灯色の傘が花のように開いて、地面に転がりました。

菜々は倒れたまま、顔を上げて、必死な表情で、星子を見ました。

「ごめんね」そして、「ありがとう」。

菜々の言葉が、今度ははっきりと聞き取れました。

「いいよ。いいんだよ。友達だもの」

叫ぶように、星子は答えました。

「それよりも、わたしこそ、ごめんなさい」

降る雨の中で、全身で叫んでいました。

電車が再び近づいてきたことを教える警報機の音と、電車の警笛が響く中で。


立ち尽くす星子の背中を、警笛を鳴らしながら、電車が行き過ぎました。

星子がそばにいた側の線路ではなく、反対方向に向かう線路を、電車が通り過ぎていったのです。

風圧を受けて、長い髪が顔にかかるようになびきました。電車が散らした雨の雫と、濡れた草から散った水滴が、全身に降りかかりました。思わず目をつぶって、また開いたとき、目の前にしゃがみ込んでいたはずの、菜々の姿はありませんでした。

ただ、彼女が差していた、鮮やかな鬼灯色の傘だけが、雨に濡れながら、線路のそばに、ころんと転がっているだけでした。

鬼灯色の傘を拾い上げ、そっと差して、星子はあたりを見回しました。

「菜々……」

名前を呼んでも、友達はどこにも見当たりませんでした。

「菜々、菜々……」

傘を差しながら、星子は菜々の姿を捜しました。

少しずつ歩いて、振り返り振り返りしながら歩くうちに、いつしか繁華街にたどりついていました。

駅前商店街。菜々とよく買い物に来た場所です。小学生のときから一緒に通っている塾も、ここにあります。

夜が近くなった繁華街には、雨の日でも賑わいがありました。十月、ハロウィンの時期なので、ショーウインドウや店のあちこちに、黒猫や魔女、かぼちゃの飾りがついています。

どこか魔法じみた雰囲気が漂う、いまの季節が、星子は好きでした。怖がりなくせにホラー映画が好きな菜々も、好きだといっていました。

かぼちゃのランタンが灯す明かりが、水たまりに映って、懐かしいような色彩の光を放ち、揺れていました。

気がつくと、知らない通りに迷い込んでいました。

「あれ？　ここはどこだろう？」

この街で育ち、駅前商店街を庭のようにして育った星子には、ありえない感覚でした。薄暗い、ひとけのない路地に、すうっと冷たい風が吹き抜けます。風にはかすかに、線香の匂いがして、そして――。

銀色の雨が降る夜空に浮かび上がるようにして、大小の鳥居の群れが、辺りにたくさん、並んでいました。

鬼灯色の傘の柄を握りしめて、星子は立ち止まりました。
どきんどきん、と、大きく胸が鼓動を打ちました。
（駅前商店街の外れの辺りから迷い込んだ路地……）
（誰も知らない、見たこともない、そんな裏通り）
（鳥居が何本も並んでいて）

星子は細い路地を歩き始めました。いつしか、駆けるような早足になっていました。
雨に濡れた古い石畳が、星子が駆けるその足下で、銀の水しぶきをあげました。
（その路地を抜けて行くと、そこに――）

稲穂のマークと、コンビニたそがれ堂と書かれた、灯籠のかたちの看板が、ありました。その明かりは優しい鬼灯色。星子が差している傘と同じ色でした。灯火は、あたたかなその光を、濡れた石畳の上できらめかせ、きらきらとガラス細工で飾られたように、辺りを彩っているのでした。
そして、光の向こうに、魔法のコンビニは噂通りにたしかに存在していて、

「さあ、こっちへいらっしゃい」

　というように、秋の夜の闇の中に、ガラスの窓と扉から、春の空のような澄んだ光を放って、静かに佇んでいるのでした。

　子どもの頃に憧れて、どうしてもたどりつきたくて、でも見つけられなかった不思議な魔法のコンビニが、誰かに聞いた通りの姿で、ちゃんとそこにあったのです。


　星子は、震える足で、そのコンビニに足を踏み入れました。

　緊張のあまり、傘を畳むのを忘れて、そのまま入ろうとして、入り口で引っかかったくらいに。

　子どもの頃から、あまりにこのコンビニを夢見て、そこにたどりつきたいと願っていたので、ここがたそがれ堂であることを、かけらも疑おうともしていませんでした。

　慌てて傘をたたもう、少しでも早く、たそがれ堂の中に入ろうとしていると、店の奥から、誰かの影が差しました。

「いらっしゃいませ。こんばんは」

　ちょっとハスキーな、うたうような女の子の声でした。

声の方を振り返ると、灰色の地に綺麗な烏瓜の模様の着物に、白いエプロンドレスを着たお姉さんが、どこか楽しげな様子で、そこに立っているのでした。

高校生くらいでしょうか。猫みたいな表情と雰囲気のひとで、とても賢そうでした。切れ長の薄い色の瞳は、どんなことでも知っていそうに見えます。

何を思うのか、星子の手の中の、鬼灯色の傘に、ふと視線を投げました。

「あの……」

星子は混乱しました。

「ここは、その、たそがれ堂なんじゃ……」

「はあい、そうですよ。綺麗なお嬢さん、コンビニたそがれ堂に、ようこそいらっしゃいませ」

「銀の髪に、金の瞳の神様は――」

お姉さんは、ひょいと肩をすくめました。

「三郎さんったら、ほんとに街の人気者なのね。ちょっと焼けちゃうなあ」

そのままからんからんと下駄を鳴らして、レジカウンターの向こうへと戻っていきます。髪に飾った鈴が澄んだ音をたてました。

「わたしはこのお店の留守を守っている者なの。ただひとりの店員として、店長の代わりに、お客様のお相手をする約束になってるの。三郎さんがいなくて悪かったけど、まあせっかくだから、何か買い物をしていかない？」

「買い物――」

「たそがれ堂でのお買い物。そうそうできることじゃなくってよ。あなた、何かを探しに、ここにきたんじゃないの？」

「――あ、友達へのお見舞いを、と思っていたら、ここに……」

それでなのか、と星子は納得しました。

それくらい本気で、自分はあの子のためのお見舞いの品が欲しかったのだ、と思うと、自分が誇らしく、許せるような気がしました。

「お見舞いね。そうねえ。何か良い品とのご縁があるといいわね」

お姉さんはくすくすと笑うと、カウンターの中で、背後にある戸棚の引き出しを開け、容れものを下ろし、薬缶でお湯を沸かし、と、楽しげに働き始めました。

「お客様が何を買っていくか考えてる間に、あったかいお飲み物でも出してあげましょうか。これはまあ、サービスということにしておいてあげる。お客様、雨のせいか、今日はあまり来なくてね、たいくつでひまだったんですもの。そんなに濡れちゃってさ。寒かったでしょう？　葛湯《くずゆ》、好き？」

「はい」

夢を見ているような気持ちになりながら、星子は答えました。

寒かったでしょう、の一言で、ああそういえば、自分は寒かったのだと気づきました。降り出した雨に濡れてから――いいえ、もうずうっと昔から、からだの奥が寒かったような気がしていました。寒さをこらえていました。

自分で気づいていなかっただけで。

だから、星子は春雨スープが好きだったのかも知れません。菜々の差し出す、保温のスープジャーの中の、湯気を立てる美味しい中華スープ。一口で心の中からあたたまる、優しい味のスープ。

もう一度、あのスープを飲みたいなあ、と思うと、目の端に涙が浮かびました。その涙を手の甲で拭っていると、レジのお姉さんが、ふといいました。

「さっきね。ここにお化けが来たの」

「――お化け？」

「まだ死んでないんだけどね、心はもう死んだ気持ちになっているような、かわいそうな女の子のお化け。その傘を買っていったわ。ええ、いまあなたが持ってきた、鬼灯色の傘よ。傘はね、思いつきで選んだみたいだったから、何か他にもちゃんとしたものを買っていったら、っていったんだけど、あの子、黙って帰っていっちゃった。とりかえしのつかないことをしちゃった、時を巻き戻せる魔法が欲しい、っていってたわ。ほんとはそれを買いに来たんでしょうね」

「時を……」

星子はまだ畳んでいない鬼灯色の傘を、胸元に抱きしめました。ひんやりと濡れた感触の傘、この傘を差していた菜々の姿を思い出しました。

「わたしの友達も、このお店に来た、ということなんですね……」

菜々もまた、コンビニたそがれ堂にたどりつくことができたのでしょうか？

たそがれ堂のお姉さんは、金色の目を細めて、どこか妖しげに笑いました。

そしてお姉さんは、美しいガラスの器に、湯気の立つ半透明の飲み物を注いで、お盆に載せて、レジから出てきました。

星子に向かって、顎《あご》をしゃくるようにして、

「そこに折りたたみの椅子があるでしょう？　そう、それ。それをそこのテーブルのところに組み立てて置いてくれるかなあ？」

いわれるままに椅子を置くと、店内に、イートインのスペースができました。

促されるままに、星子が椅子に座ると、お姉さんがことりと器をそこに置きました。

柚子《ゆず》の良い香りがします。湯気を立てる熱い飲み物の上に、刻んだ柚子の皮がひとつまみ、ぱらりと載せてあるのでした。葛湯です。

「あたしは猫舌だし、柑橘《かんきつ》類は苦手だから、ほんとはこういうの好きじゃないんだけどね。ま、お客さんのために作るのは悪くない気分よね」

にこ、と笑いました。

猫のような金色の目を細めた、妖しい笑顔で。

「特にこういう、友情に厚い、優しいお客様のためならね」

「わたしは、優しくなんか……」

友情に厚くも、ありません。

星子はうつむきました。器ごしに伝わる葛湯の温かさを、刻まれたゆずの皮の金色を、太陽の欠片をいただいたように思いながら、しばらくそのてのひらで感じていました。

「とりかえしのつかないことをしたのは、わたしの方です。——時を巻き戻すことはできないから、償いをしようって、できる限りのことをあの子のためにしようって、子どものときから、そう思って、生きてきました」


星子は、菜々のことが大好きでした。

ずうっと昔、小さい頃から。

優しい菜々や菜々の家族のことが大好きで、星子の家庭の複雑な状況を知ったらしい菜々の家族が、星子のことを包み込むように大切にしてくれるたびに、嬉しくて胸が熱くなりました。

でも、子どもの頃は、そんな風に、家族のように大事にされるたびに、心の奥に風穴が空くような、そんな思いもしていたのでした。

嬉しいのに、くすぐったいように幸福だったのに、心の奥の方には誰も知らない氷の野原があって、そこでひとりぼっちの狼が吠えているような――そんな気持ちがいつもしていました。さみしい狼の遠吠えは、星子にだけ、聞こえていたのでした。

菜々のお母さんは、とても料理が得意でした。

小学三年生の遠足の頃くらいまで、菜々のお母さんはまだ元気で、家にいました。あの頃の菜々は、学校で、何か行事があるたびに、お母さんの手作りのお弁当を持ってきていました。星子のお母さんは、そんなもの作ってくれなかったのに。作るとしたって、ぶかっこうなおにぎりひとつがせいぜいだったのに。

秋の野原で、太陽の光が空から金色に降りそそぐ日に、星子は菜々のお弁当がうらやましくて、気がつくと、わざとぶつかって、お弁当箱を落とさせていました。

金色の卵焼きが、たこのかたちに刻まれたウインナーが、美味しそうな唐揚げが、海苔を巻いた俵《たわら》型のおむすびが、うさぎの形に切られた赤い林檎が、秋の野原に散りました。

そのときまでは、星子の耳にはさみしい狼の遠吠えが聞こえていました。いい気味だ、と思っていました。

その日の星子の遠足のお弁当は、自分でコンビニで買った、鮭のおむすびでした。好物だからいいや、と思っていたのですが、菜々が大きくて豪華なお弁当箱を開けた途端、美味しそうなものがぎっしりと詰められたそれを、菜々の隣で見ていることが悲しくて切なくてさみしくて、世界中の何もかもを壊してしまいたくなったのでした。

けれど、菜々が野原にうずくまり、何もいわずに、地面に落ちたおむすびやおかずをひとつひとつ拾い上げ始めたとき、それを見た瞬間に、自分は何でこんなにひどいことをしてしまったんだろう、と思いました。

「ごめん。ごめんね、菜々、ほんとうにごめん」

涙がにじみ出てきました。

ああいま、時が巻き戻せるなら、と思いました。そんな魔法があればいいのに。

でも、菜々は、優しくいいました。

「あのね。気にしないでね。星子は悪くないよ。だって、わざとぶつかったんじゃないんでしょう？　ほんとに気にしちゃ駄目だよ。わたしがしっかりお弁当箱を持っていれば良かったんだもの。わたしのドジなんだよ。

それよりも、ごめんね。美味しい卵焼き、食べさせてあげられなくて」

「——卵焼き?」

卵焼きは、星子の好物でした。それも、菜々の家のお母さんが焼いてくれる、甘くてやわらかな卵焼きが大好きでした。

「お母さんがね、星子ちゃんは卵焼きが大好きだから、好きなだけ食べられるように、多めに入れておきましょう、って、朝早く起きて、たくさん焼いてくれたの。わたしもね、手伝って一緒に焼いたんだよ。

うちの中、卵焼きの匂いでいっぱいになってね、すごく楽しかったの。

あのね、母さんががっかりするから、お弁当箱、ひっくり返したこと、内緒にしようね。秘密にしていようね」

菜々は声を潜め、人差し指を口元に当てました。

そうして、星子は今更のように気づいたのです。お弁当はふたり分だったということに。だからお弁当箱は大きくて、豪華で、ぎっしりと詰められていたのだということに。

星子のために用意されていたご馳走を、自分は地面にばらまいてしまったのだということに。

星子は地面にしゃがみ込みました。

野原の草の上に落ちた、金色に輝く卵焼きを、ひとつふたつと、大切に拾い上げました。

そのまま口に入れました。

神様、と、星子は心の中で祈っていました。ふだんは祈ったことなんてない神様に。だって祈ってもたいしていいことはないものだと、子どもなりに知っていたから、祈るなんて習慣は、とっくに忘れていたのです。

（神様、もし今度、菜々の家のお母さんが、美味しいお弁当を作ってくれることがあったら、わたしは菜々と一緒に、きっと大切にいただきます。もう二度と、こんなことはしません。それを誓います）

（ごめんなさい。ごめんなさい。神様）

（わたしは、悪い子でした）

菜々にも菜々のお母さんにも、ごめんなさいはいえないことでした。

だって星子がほんとうの思いを伝えれば、きっとみんなが悲しい思いをする。

だから星子はただ黙って、心の中の神様にごめんなさいの一言を、聞いて貰ったのでした。心の中の、ひとりぼっちの狼は、しゅんとして、荒野にうずくまっていました。

(でも、もう、菜々のお母さんがお弁当を作ってくれる機会はなかったんだ)

からだが悪く病気がちだった菜々のお母さんは、そのあとそうたたないうちに、病院に長く入院することが決まってしまったのでした。それ以来、たまに家に戻ってくることもありはしましたが、もう家でも寝ているだけ、あんなに得意だった料理もお弁当も、作ることはなくなっていたのでした。

台所で長く立っているだけの体力がない、包丁や菜箸を手にする力もないのだ、ということでした。

(あれは、大切な遠足のお弁当だったんだ)

(このままおばさんが元気にならなかったら……あの日のお弁当が、最後の手作りのお弁当になってしまうのかも知れないんだ)

そんなに大事なものを、星子は地面に落としたのです。

お弁当箱のことを思い出すたびに、星子はそのことを嚙みしめました。何も知らずに、星子を好きなままの菜々のそばで、星子はそっと誓いました。二度とこの子を傷つけるようなことはしないようにしよう、と。心の中の神様に。そして自分に。

人間には時を巻き戻すことはできないから、せめて償いのために、これから先は、菜々がいつも幸せで、不幸になることがないようにしよう、と。


作りたての葛湯が、とても美味しかったからでしょうか。

その甘さやあたたかさで、心がほぐれたのか、それとも、ここがコンビニたそがれ堂だと思うと、テンションが普段よりも高くなってしまっていたのでしょうか。

葛湯を飲み終わる頃には、星子は、自分と菜々とお弁当箱の話を、レジの中のお姉さんに話してしまっていました。

聞かれるままに、少しずつ、話してしまったのです。

「とりかえしのつかないことをしてしまったから……あの子を、友人を守ろうと思ったんです。いつもわたしがそばにいて、いつだって支えてあげたいなって。幸せにしてあげたいなって。

自分があの子やあの子の家族から受け取っただけの幸福を、すこしずつでもいい、返してあげたいって、そう思っていました」

だから、あのカンニングの事件のとき、かばうことを迷わなかったのです。

むしろ、こういう機会に出会えたことを、その幸福を喜んでいました。

でも、と星子はうつむきました。

涙が流れました。

「いちばん大事なときに、守ってあげることが、できなかったんですよね……」

ふふん、と、お姉さんが鼻を鳴らしました。

「さあ、それはどうなのかしらねえ?」

うたうように、いいました。

お盆を持ってテーブルに来て、葛湯の入っていた器を片付けながら、いいました。

「そうそう。お友達へのお土産、っていうか、お見舞いにするなら、いまねちょうど、いいものがあるわよ。この間、暇だったときに、店の倉庫を片付けてたら、ひょっこり出てきたの。あたしが思うに、あれはいかにも、具合の悪いお友達へのプレゼント向けだと思うのよね」

そしてレジに駆け戻ると、あったあった、と、どこからか、小さな箱を出してきました。

星子に渡しました。

「かわいいんだけど、ちょっと古いものみたいだし、負けておくわ。特別に、五円でいいわよ」

箱の中にあったのは、てのひらに載るほどの大きさの目覚まし時計でした。あたたかな鬼灯色で、丸いかたちをして、文字盤は白。鬼灯色の唐草のような形の針が三本、かちかちと音を立てて動いていました。頭の上に、茸《きのこ》のような形の金色のベルが二つ、飾ってありました。

そういえば、星子のおばあちゃんの家にも、こんな形の目覚まし時計がありました。昭和の時代にあったような、そんな時計です。

「ずっと前に、この時計のこと、店長に聞いたことがあるの。どこから来たのか知らないけれど、これね、たぶん、『魔法の目覚まし時計』なのよ。

どんなにぐっすり眠り込んでいる女の子でも——それがお伽話の眠れる森の美女でもね、目覚めるべきときに目覚めさせることができる、そういう時計なんですって」

お姉さんは、にっこりと笑いました。

「ね、お見舞いにはばっちりなお品だと思わない？」

星子は時計を胸元で抱きしめました。

(菜々、絶対こういうの好きだ)

彼女の好み、ど真ん中だと思いました。

いつか意識が戻ったら、この時計を見せてあげようと思いました。

どんなに喜んでくれるでしょう。

なんといっても、コンビニたそがれ堂で買ってきた、魔法の時計なのですから。


「ありがとうございます」

星子は財布から五円玉を出してたそがれ堂のお姉さんに渡し、深く頭を下げました。

お姉さんはちょっと長めの糸切り歯を見せて笑って、手を振りました。

「いえいえ。お友達によろしくね。次にまたここに来ることがあったら、今度はちゃんと遠慮せずにお買い物してね、と伝えて欲しいなあ」

「はい」

星子は笑いました。時計が入った小さな箱を抱くようにして。

店を出る間際、振り返っていいました。

「あの、わたし、たそがれ堂に、来ることができてよかったです。――わたしは、心が汚れた人間だから、無理かも知れないって思ってました。だから、子どもの頃、あんなに探したのに、たどりつけなかったんだと思っていたから……」

お姉さんは何もいわずに、にこにこと笑っていました。そして、ふと思いついたように、灰色の着物の袖を揺らし、白いてのひらを打つと、

「あなたたち、とってもかわいらしいから、あたしから特別に贈り物」

そういって、いつのまに準備したのでしょう。かすみ草とコスモスの見事な花束を、星子に手渡してくれたのです。

「幸せが来るように、おまじないをしておいたから」

お姉さんは、いたずらっぽい微笑みで、そういいました。

いつのまにか雨は止んで、見上げる空には月が出ていました。

月のまわりには、真珠色の光を放つ、夜の虹《にじ》が架かっていました。

赤や青や紫やそして金色や、いろんな色に滲む雲の縁は美しく、これからいいことがあるよ、と、星子に教えようとしているようでした。

星子は小さな目覚まし時計の入った箱をポケットに入れ、良い香りの花束を大切に抱えながら、十月の月を見上げて歩きました。

今からなら、ぎりぎりあの病院のお見舞いの時間に間に合うでしょうか。

病室に花を飾り、贈り物の箱を置いてあげたい、と思いました。

そして、あの子の耳に聞こえるかどうかはわからないけれど、たそがれ堂に行ったということを、話してあげたいな、と思いました。

花束には、幸せになるおまじないがかけてあるんだって、なんてことも。

たそがれ堂のお姉さんの、少し怖くて、でも優しいあの笑顔がうつったように、いつしか口元には笑みが浮かんでいました。

星子を見送った後、コンビニたそがれ堂のお手伝いのお姉さん——化け猫のねここは、イートインコーナーのテーブルと椅子を片付けながら、窓越しの空を見上げました。

「人間には、時を巻き戻す魔法は使えないけれど、未来はいつだっていい子の味方。努力すれば、いくらだっていい方へ変わっていくものだと思うのよね。それが人間が使える魔法なんですもの」

それにしても、と声を立てて笑いました。

「心が綺麗なひとしか、たそがれ堂にはたどりつけないですって？　笑っちゃうわ。何よ、それ、いったい誰がいいだしたの？

人間なんて、みんなそうたいしたもんじゃないわ。同じ程度に悪くて、同じ程度にお馬鹿なうっかりさんで、同じ程度に救いがたい。

でもね、あたしから見れば、人間って誰もが、同じ程度にほっとけなくて、同じ程度にかわいらしくて、強くて優しいものなのよ」

ねここは金色の目を細め、笑いました。

「ほんとうに取り返しのつかないことって、この世界には、そうそうないものなのよ。その辺、人間はもっとわかっておいた方がいいと思うのよね。――まったく、人間なんて、寿命が短くて、ほんのちょっとしか生きないくせに、てんで生意気だわよね」

あの目覚まし時計は、魔法の目覚まし時計。病院のベッドで眠る菜々のその枕辺に星子が置けば、たちどころに菜々は元気になり、目をさますでしょう。見事な花束は、そのまま、退院祝いの花束となることでしょう。

くすくす、と、ねここは笑い、レジカウンターに頬杖をつくと、窓越しの空の、澄んだ丸い月を見上げたのでした。

「お団子みたいなかたちねえ。つついてころがしてみたくなるわ」

そう呟きながら。

あとがき

コンビニたそがれ堂、めでたく九巻目の今回は、時とひとと植物のお話でございます。心に深い悔恨を抱き、時を巻き戻したいと願うひとびととたそがれ堂の魔法の物語です。


たぶん誰でも、「もしあのとき、違う道を選んでいたら、今とは違う未来があったのに」とか、「もう一度やり直せるなら、今度はうまくやるのになあ」とか、そんな忘れがたい悔恨がひとつやふたつはあると思うのです。

私なんか子どもの頃からしょっちゅうで、そのたびに振り返るまいと決意するのがかっこいいんだ、と、拳を握り、肩で風を切る想いで諦めてきたりしました。

でもたまに、諦めきれないことってありますよね。私の場合、いちばん近い過去のそれは、毎度同じ話題で恐縮ですが、見送った先代の猫の生涯の最後の辺りです。

十九歳の老猫は甲状腺を病んでいて、晩年は投薬で体調をコントロールしていたのですが、年齢が年齢ですし、もう劇的に復調することはあり得なかったので、仕事の締切と猫の体調とを秤《はかり》にかけて、猫に謝りながら、仕事を優先する日々が続きました。

前の八巻のあとがきに書いたように、最終的に当時の仕事が完成するのと引き換えのように猫を見送ることになったのですが、そのあと、自分の選択によってはもう少し違う未来があったのではないかとずいぶん後悔しました。

あと少しでいい、仕事より猫を優先できていたら良かったとか、そんな後悔は際限なく、薬の与え方から動物病院の先生とのやりとりまで、ありとあらゆることを、ひとつひとつ後悔したものです。もしあのとき、違う道を選んでいたら、あの猫は今もここにいてくれたのかも知れない、と。

ひと言で言うと、「よくある」ペットロスで、飼い主には「よくある」後悔だったのだと思います。大切なものを見送ったあと、飼い主にできるのは、過去を振り返ること、それによって自分を責めることくらいなんですよね。

実際にはうちの猫はもういい年でしたから、あのとき元気になれていたとしても、そうたたず大往生していたろうとは思うのです。

そんなこと頭でわかっていても、思ってしまいますよね、もしあのとき、って。

もう一度やり直せるなら、今度はうまくやるのに、って。


猫の葬式を済ませ、長崎ですから精霊船まで出して、お別れをして、時間がたち。

いまはもう以前ほどは強く、後悔することはなくなりました。

代わりのようにいまは若い猫がそばにいて、今度こそはいろんなことを後悔しないようにしようとリアルタイムで願うのに忙しいからかも知れません。

ただ、いまの代の猫を抱き上げて抱きしめるとき、ふと思うのは、先代の猫と別れたからこそ、この猫はいまここにいて、猫もわたしも幸せなのだろうということ。

動物管理所出身の彼女を我が家に迎えるに当たって、その場所のスタッフの皆さんから、紹介してくださったボランティアの方に至るまで、みんなが喜んでくれた、祝福された出会いになったということ。

そう考えると、先代の猫との別れは、猫にも私にも不幸ではありましたが、同時に、多くのひとに、たくさんの新しい幸福をもたらしてくれたのだとも思うのです。

今回のことに限らず、多分そんな風に、ひとはなくしたもので空いた腕の中に、新しい幸せを受け止め、抱きしめながら生きてゆくように思うのです。その証拠のように、過去に哀しかったはずのあの出来事もこの後悔も、忘れてしまっていたり、どうでも良くなっていたり。

生きるって、そういうことなのでしょうね。

悲しむだけ悲しんだら、前に進むしかない。

新しい猫を抱いて。

といいつつ、哀しみも後悔も、愛ゆえのこと。

忘れる必要はないとも思っています。

その証拠のように、我が家には先代の猫の骨壺がまだあります。納骨堂はあるんですけどね。それはそれとして。

物語のなかくらい、やり直すことができてもいいんじゃないかと思うのです。

わたしだって、たそがれ堂があれば、もう一度、先代の猫を抱きしめたいと願いますもの。

さて、今回も美しい表紙絵をいただけました、こよりさん。安定して美しい装幀の岡本歌織（next door design）さん。ありがとうございました。

いつも頼り切りの、校正と校閲の鷗来堂さんには心からの感謝を。

印刷と製本の中央精版さんにも、ただただ頭を下げて感謝しています。

いつもありがとうございます。

そして、今回もこの物語を手に取ってくださった愛読者の皆様、今回が初めての出会いの皆様、ありがとうございます。

コンビニたそがれ堂九巻、楽しんでいただけましたら、と思います。

そうそう、今回、植物とお友達の女子大生が登場してきますが、彼女は恐らくは、徳間文庫からシリーズが刊行されている、『花咲家の人々』に登場する異能の一族の遠縁にあたるのかと思われます。というか、そういう設定で書きました。興味を持たれた方は、あちらのシリーズも手に取っていただけましたら幸いです。

お花と猫がお好きな方には楽しめるお話かと思います。

二〇二〇年　二月二十一日

猫の日を前に　うたた寝する若い麦わら猫を眺めながら

村山早紀

本書は書き下ろしです

コンビニたそがれ堂《どう》　花《はな》時《ど》計《けい》

村山《むらやま》早紀《さき》

2020年3月24日初版発行

発行者……千葉　均
発行所……株式会社ポプラ社
〒102-8519　東京都千代田区麹町4-2-6
電話……03-5877-8109(営業)
03-5877-8112(編集)
フォーマットデザイン　荻窪裕司(design clopper)
印刷・製本　中央精版印刷株式会社

ポプラ文庫ピュアフル

ホームページ　www.poplar.co.jp

N.D.C.913/254p/15cm
ISBN978-4-591-16639-0
P8111293

小さな祈りは光になって
あなたのもとへ

村山早紀
『コンビニたそがれ堂』

装画：こより

駅前商店街のはずれ、赤い鳥居が並んでいるあたりに、夕暮れになるとあらわれる不思議なコンビニ「たそがれ堂」。大事な探しものがある人は、必ずここで見つけられるという。今日、その扉をくぐるのは……？　慌しく過ぎていく毎日の中で、誰もが覚えのある戸惑いや痛み、矛盾や切なさ。それらすべてをやわらかく受け止めて、昇華させてくれる5つの物語。〈解説・瀧 晴巳〉